POENA DAMNI

DIMITRIS LYACOS

POENA DAMNI

Tradução do grego
José Luís Costa

SUMÁRIO

7   POENA DAMNI #1 | **Z213: EXIT**

119   POENA DAMNI #2 | **COM AS PESSOAS DA PONTE**

179   POENA DAMNI #3 | **A PRIMEIRA MORTE**

221   **NOTA À PRESENTE TRADUÇÃO**

229   **SOBRE O TRADUTOR**

POENA DAMNI #1

Z213: EXIT

Para Menis Lefoussis

estes nomes e foi assim que me encontraram. E mal me trouxeram fiquei algum tempo e depois levaram-me era um edifício com quatro blocos pátios grandes e quartos todos os outros estavam lá quatro blocos separados não demasiado perto do mar. E por vezes comíamos juntos e ao centro um tronco com ramos quebrados uma abertura em cima para a fumaça, e no chão cinzas manchas negras e cinzas. E dos poros nas paredes escorria alguma água e às vezes podíamos pedir para subir para ir ver alguém e quando por vezes à noite havia um corte na luz e ficávamos calados sentados no escuro   mas os blocos que não comunicavam três quatro cinco de nós simpatizávamos uns com os outros mas a maioria dos que lá estávamos acabaria por morrer todos também eu e então aqueles que acreditavam gritavam outros não, tínhamos esse direito e éramos somando os blocos todos cerca de mil e todos os dias vinha algum funcionário com uma lista e ficava à porta mal entrava à porta exterior da entrada ficava ali de pé e berrava para saírem e então chamavam-nos levavam-nos dali e ficavam dez ou quinze conforme o setor e levavam-nos para um lugar especial ao entardecer da véspera e na manhã seguinte vinham e levavam-nos dali e os ouvia entrar berrando os nomes ouvia-os despedirem-se de nós éramos cerca de dois mil. E agora despediam-se de nós eu com todos os outros e despedem-se de nós e em todo o espaço ressoava a despedida.

E depois saíam entravam num automóvel e iam por detrás havia mar e seguiam. E mal saíam escutava-se gente gritando também dali num automóvel iam por detrás até o mar não era muito longe era por detrás lá onde escavavam fossos por vezes a água chegava lá e a cidade acordava com esse rumor. E enfiavam-nos no fosso. É isso que mais vezes me vem à cabeça. E os ouvia gritar até nas últimas casas da cidade até onde ficava o muro e toda a gente percebia. Havia quem se aproximasse dos fossos e fugisse logo a seguir e não era às escondidas era sob os nossos pés mas ninguém. Quase uma cidade inteira. E aquele momento indescritível em que desci já depois da meia-noite e os vi levarem-nos naquele caminhão lá para baixo até o mar.

Z213: EXIT

Se eu ao menos conseguisse a partir dali como me disseram, por aquele corredor que leva atrás do muro até a guarita abandonada e o túnel pelo interior da montanha. Porque todos os outros caminhos eram vigiados para que ninguém passasse. Em cima as lâmpadas quebradas menos uma ao fundo. E depois aquela claraboia um buraco aberto no escuro. Entrando por aí se deixa a cidade, a passagem se torna cada vez mais estreita, você sobe, ouve de repente um esvoaçar de asas. Ouve como que o passar de um rio em algum lugar. Pouco depois distingue o cume, luz, trepa as árvores, chuviscos, folhas caídas aos seus pés. Vozes e passos aproximam-se e logo se afastam. Depois você volta a descer vai o mais depressa possível, para chegar antes que amanheça. Amanhã morreriam mais uns quantos. E alguns saberão de você. Noite cortada em duas pela faixa amarela que a atravessa. Também te tinham dito para esperar por quando eles vêm e é mais fácil sair. Quando os traziam e separavam, duas filas — duas filas que se misturavam à medida que os impeliam em frente. E muitos caíam ao mar ou ao chão e os outros caminhavam por cima deles. E conforme me disseram eu trazia a cruz ao peito e passei ao lado da torre e segui o caminho para a estação. Por aí se podia escapar. Apanhando um trem dali. Mas sentei-me para descansar porque me sentia dolorido.

Z213: EXIT

Levantei-me, andei por algum tempo à deriva, depois caminhei até a primeira plataforma do lado oposto. Numa reentrância na parede um soldado deitado no chão, de lado, olhos fechados, um cobertor sobre as pernas, um monte de roupa junto de si — fardas — uma saca sob as costas. Aproximei-me peguei um par de calças e um casaco, olhos fechados, algum sangue sob o nariz, ergueu levemente a cabeça, limpou-se com a manga. Fui ao banheiro para me trocar, voltei deixei a minha roupa sobre o monte. Olhos fechados, um pingo de sangue sob o nariz. Procurei um par de botas na sacola e calcei-as ali mesmo, sentado no chão perto dele. Agachado, quadris sobre a manga meio vazia. Um feixe vermelho por pouco nos apanhou e voltou a sumir. Já devia passar das seis. Frio, agasalho as mãos sob as axilas, algo duro, uma pequena bíblia no bolso abro as páginas brancas algumas notas aqui e ali, noutras partes uma escrita densa que não compreendi. Já estava quase escuro. Sentei-me imóvel por algum tempo à espera do quê — levantei-me, voltei a caminhar, no relógio, no quadro, horário noturno 21:13. Dentro de meia-hora.

Embora não fosse muito diferente no compartimento, só um pouco. Desliguei a luz, puxei a cortina prendi uma correia que estava pendurada duas três voltas tanto quanto consegui ao puxador da porta caso viesse alguém. Sentei-me por um tempo, ninguém, voltei a sair caminhei para a frente e para trás no corredor, ninguém, acendi um cigarro, aproximava-se a hora. Voltei a entrar e a fechar-me esperando no interior, um empurrão no escuro, outros cinco minutos depois quando arrancamos, mais um cigarro, estendi-me, já me sentia melhor. Como se estivesse acordado e adormecido, de repente algo ao meu lado, dentro de mim, acordava, adormecia, escura paisagem transformando-se, brilhando, voltando as costas à luz. Paramos tinha amanhecido, um pouco de água da torneira do banheiro, depois saí. Azul-celeste, também em torno das encostas das montanhas. Um velho posto fronteiriço. Alguém saiu disse para voltarmos a subir, veio inspecionar os documentos, estavam em ordem. Voltei a descer e comprei um sanduíche de carne de um vendedor ambulante. Ainda congelada. A primeira luz que te abre os pulmões, ao redor e acima, e a partir daí te acompanha o cheiro intenso da paisagem.

Z213: EXIT

Mais umas horas, estação vazia, caminho de terra batida que leva à cidade, lama, lama, cobertores no exterior, barracas apodrecidas, um pouco atrás o poste quebrado, nenhum automóvel, lixo, duas crianças que sobem um amontoado, mais duas ou três luzes no horizonte, casas, um cheiro mais acre, asfalto aqui e ali, casas de cimento, pouca gente, portas entreabertas, meia-luz, o colchão como se estivesse molhado, aquele leite, um aperto na barriga e tonturas, quando acordei levantei-me para aproveitar a luz que restava, um pouco ao acaso e do que me lembrava, perguntei, do lado oposto, por trás da ponte, o rumor da água, as árvores que escureciam mas ainda dava para ver, ficava quase à minha frente mal entrei. O que faz aqui, vim sentar-me um pouco aos seus pés, se tivesse conseguido antes, alguém se agachou, te ouviu tanto quanto dava para ouvir, os seus olhos que brilhavam os olhos que encobriam, a dor que se encobria, com quantos mais te trouxeram para cá, o sino, silêncio enquanto te traziam, canção abafada e pausa, o rumor da água. Tenho frio, parto por entre outros nomes, fotografias que te observam sem poder, o sol que voltou a findar. No caminho de regresso, na planície um sopro morno e quase derradeiro, e um clarão, o rio que se afasta, a cidade muda como antes, com um pouco de vinho no canto da mesa, a bíblia que se apaga, espalhadas nas suas páginas as palavras de um estrangeiro, entre esses fragmentos escrevo sempre que encontro uma zona morta.

Enquanto dura um fósforo aceso. O que se consegue ver no quarto que acende e apaga. As imagens que se mantêm por pouco e depois caem. Algumas séries você consegue, apagam--se, outro fósforo, novamente. Pedaços que faltam, páginas em branco, fósforo, novamente. Você compreende uma palavra desconhecida que gruda à cabeça. Onde está a tenda em que habitam os ímpios. Pergunta a quem caminha ao seu lado. Fósforo, mais partes apagadas como as do testamento, depois alguns fragmentos seus, depois eu. A luz dura tão pouco que você não consegue escrever, no escuro não se percebe se a página está branca. Você escreve, fósforo, palavras que caem em cima das outras, mais uma página, escreve, mais um fósforo, página em branco, continua, mais uma página meio escrita, lê, acabam os fósforos. Tateando você passa as páginas, as sente. Onde encontra partes escritas, acrescenta suas palavras por baixo, escreve pelo meio. Um fósforo, lê, palavras suas junto às alheias, mais uma vez. Como se você falasse com alguém. Fósforo, puxa o cigarro tenta ler sob a ponta acesa. Não. Fósforo, a angústia dos objetos voltarem a fugir. Como fugi eu.

Vigiavam todos os caminhos para que ninguém passasse.

evadiram-se.   há mais alguns

POENA DAMNI

há noites em que   ninguém, como se tivessem se escondido
algum lugar para verem o que
          , de propósito, como se soubessem,
para seguirem o quê

ou pode ser   de vez em quando
alguém foge para

esperança,   , livres mas não sabem

há sempre uma arma apontada contra você

Os apátridas constituíam uma subdivisão particular dos Peregrini. (Peregrini Dedicitii)

Que embora livre se considerava

        Se eu sair à rua poderei encontrar

não pertencente a qualquer Estado

Último fósforo.
Lua cheia
        Que era aquilo por trás da árvore

Z213: EXIT

nada mas

a luz
                        cobre a janela ou ainda nos veem
o bosque
de ocidente   vejamos o mapa

bebemos   o melhor medicamento

                                deixa-me ver a arma

                              não dá para apertar

bebemos

            as sombras
                      apenas as sombras

caiu muito perto   caímos de barriga

                  um grande buraco no mapa
                      medo
        e silêncio

POENA DAMNI

                              chorava

                                                     não aguentava mais

                                                                  sepulturas

                                     não pare de escavar ele disse

             a aldeia

                                                              os enterros

enterram-nos de noite   nem sequer uma cruz

quando eu voltar

havemos de voltar um dia
  um dia   todos à casa
no fim
serenamente,   na cama,

                            terra ainda a escaldar

Z213: EXIT

ainda fumegante

descansa

                                        encontramos
manteiga ovos no   pão mel e depois

encontramos um

           cortamos e comemos cr

da cinza

e em
                      fulgor de alvorada em seu
redor e relampejante fogo

bocas

talvez se escondam em algum lugar.

Não encontrei e voltei. Não me lembro quanto tempo nem de onde. Amanheceu novamente.

Diga aos que esperavam que não esperem nenhum de nós voltará. O céu parte outra vez, os jornais desfazem-se no passeio, as mesmas árvores passam-nos novamente à frente mais escuras, os que abrem a porta do compartimento à procura de lugar, que entram na estação seguinte. A luz exterior que estilhaça a noite, noites duras que caem entre desconhecidos, a história que você se contava se quebra dentro de você, os fragmentos separaram-se, vêm outros de outro lado e depois partem e apagam-se, assim todos misturados, para te deixarem dormir. E assim você regressa, um caracol apressa-se a retomar o seu trilho, conto de fadas que se recorda incompleto, rugas que se escrevem ainda por mais um pouco na pele provisória da memória, pássaros que acordam, o orvalho nas suas asas e por um instante você voou com eles no céu branquíssimo e gelado, mas volta a acordar e está fervendo. Não é febre, extenuante é que todos os pensamentos te apertem o cérebro ao mesmo tempo e você não sabe o porquê, e depois outra vez, antes que abra os olhos e que o suor te encharque as mãos, tudo se apaga de uma vez, você não se recorda quem é, uma lembrança numa cabeça alheia, uma caixa esburacada deitada fora, o papelão que apodreceu, a chuva, a água que correu para dentro dos seus ouvidos, você acorda, a tempestade parou, agora está mais calmo e pede um apoio, algo onde se apoiar, treme, tem frio, se lembra, outra vez as asas, o cobertor amarrotado sobre as suas pernas, escorrem as gotas pelo vidro, voltou a fechar os olhos, o trem bate monótono as suas asas nos trilhos e te transporta numa oração.

com algodão ou papel higiênico que te encheu a boca, que te bebe a saliva, você mal consegue respirar. Mas é sobretudo sede que sente, é isso que te acorda e o copo ao seu lado vazio. Ainda é noite mas que horas ao certo?, você se levanta para pedir um pouco de água, a carruagem morta, atrás, você molha a mão com gotas na janela e leva a mão à boca, mais atrás ainda carruagem morta, e outra, calafrio, como vozes que se intensificam, uma carruagem de vozes. Te dão água. Os animais deles dormem atrás, te fazem perguntas você se senta no chão. Bebe mais água. Risos, vozes te interrogam teria algo a dizer mas te tomou uma tontura. Um pedaço de carne de mão em mão, você se prepara para se deitar de lado, te dão e você come, uma garrafa de mão em mão, vinho, atrás uma roda e cantam, os outros junto aos animais dormem. Rostos escurecidos, vozes que se esfiapam num amargo carnaval, as suas cabeças, cabeças dos animais que mudam, o corpo do cordeiro acaba na cabeça de um homem com olhos fechados. Pegam em um, gordo, entre duas janelas, ele ergue os braços, pelos pulsos o prendem às grades, à esquerda à direita. Cabeça do cordeiro, cobrem a cabeça do homem com a pele da cabeça esfolada. Falam-lhe. Ele canta. Uma canção lenta e desarticulada. Escura cruz humana ao amanhecer. Põem-lhe um vestido azul, junto a você alguém acendia e apagava uma lanterna, de alegria, de comoção os olhos deles em lágrimas. Um jogo que você não sabe jogar, o seu sorriso se juntando brevemente ao deles e depois é como se alguém te amordaçasse mas você volta a acalmar-se e respira livremente. E vêm te mostrar as cicatrizes que tinham no rosto, vitórias que venceram o mundo, a nossa fé, diziam e o nosso corpo um só corpo n'Ele, os ouvia cantar, não tardaria a chegar o dia, o tempo mudará. À sua volta por um instante tudo ficou vermelho, como se a carruagem fosse de carne ou como se as janelas tivessem sangrado. E depois outra vez como antes, o rio seguindo a carruagem que refletia dentro de si, devagar, agora mais devagar, quase parando numa curva. E de fora corriam tentavam se agarrar onde conseguissem, e batiam nas janelas e tentavam entrar.

Caminhões que despejavam lama tapando não se sabe o quê, uma fossa, você não viu bem, passou e desapareceu. Cheiro do café, preparado num tacho, me deram, às suas insistentes palavras você responde por gestos, de outra maneira não sabe. A luz do dia que agora se intensifica te cegava. As pálpebras outra vez pesadas, você quer deitar-se outra vez. A linha do horizonte. Apaga. O nevoeiro estende-se, apodera-se do que restou, tudo entra para dentro da neve, tão longe e pálido, depois seguimos novamente, devagar, mal seguimos, você ouve as vértebras escangalhadas da ponte, fugaz uma voz, um capacete, já anoiteceu, a lareira que acenderam lá embaixo os trabalhadores, sinal quente no meio do nada.

E mais vinho. De vez em quando enchiam, uma vez enxaguaram os olhos do cordeiro deles crucificado e deram-lhe de beber. Tateavam e cantavam: olhe para os buracos nas palmas das mãos dele. Pregue o dedo dentro, grite o sangue — que cantem. E qualquer coisa como: a cunha, a cunha que desça fundo. Com ritmos que te deixavam novamente tonto, adiante mais uma curva, lento remoinho, e a carruagem que rodopiava contigo.

Alguém, sino, muito esparsamente, uma igreja que se ouvia perto de mim. Parei e aguardei, voltou a tocar, onde, por trás daquelas casas. Por trás daquelas casas, entrei, procurei um bom lugar, sentei-me no chão. Ainda aqui está ou foi-se embora e deixou a porta aberta. Foi-se embora, não, ainda aqui está, toca novamente. E ao tocar vêm estas sombras a partir de baixo, como manchas nas lajes, mas vindo de baixo, se prestar atenção, são palmas de mãos que empurram. Palmas que empurram, aqui ao lado uma laje subiu um pouco. Quando consigo ver, já que a luz vem e vai, de repente estes clarões nas janelas, primeiro um depois outro sem parar, como um holofote, num movimento circular à minha procura: Não para, nem as lajes aqui pararam, levantam-se um pouco, voltam a descer, pressionam para subir, uma enchente de corpos, uma enchente que pressiona para se erguer, ramos e a lama que trazem, folhas, rostos desconhecidos que te conhecem e te falam, te falam com tuas próprias frases, é a tua voz, você não a reconhece, é a voz deles, é a voz da Escritura, abra para ler está nesta página, abra, não tem nada escrito, vazia, apenas meia linha

pa mas g adas que q   am.

palmas geladas que queimam. Os gestos das paredes te convidam. Um buraco ao alto em frente, você consegue agarrar-se aos ramos das heras e subir ver onde está exatamente. Pouco te importa, juntam-se à tua volta, são pessoas que trouxeram do quanto viveram um pedaço, como você o empurraram até aqui, e sentaram-se perto de você no meio daquelas folhas, folhas que vieram não se sabe de onde monte que se acumula em frente aos santos, também estes todos juntos, um ao lado do outro, com o olhar posto sobre quem agora se ajoelhou, um círculo, que os protegerá brevemente. Mas terminada a missa o que restava?, bocas apagadas murmurando algo sob as arcadas que os cobriram e eles sonham por mais alguns momentos pátios onde a alma repousa, hierarquias de anjos que os aguardavam. E depois esgota-se a ilusão e ali há uma casa vazia inabitada. Os ícones sob a luz que vai mudando a mesma forma o mesmo rosto pintado mais uma vez onipresente. E ali ao canto que corpo destruído, perfurado como que por lâminas, até que escurece totalmente, lâminas dobrando-se sob o último santo que apaga o rosto que cerra a boca fechada.

Z213: EXIT

       vai liberte a menina da sua morada subterrânea

traga ela para cima

venha conosco, faremos emboscadas e derramaremos sangue

entre nós bem ordenados você

dispôs doze

chamando-os   cujos nomes são

e outros ao seu redor muita gente sobre a ondulação
folhas vadias

de um teatro de outono
        que te circunda.

E címbalos enferrujados atrás da porta festejos
passados de uma vida   no
armário
azeite numa garrafa
como leite e   quem eram estes talvez

à noite se reúnam aqui vindos de onde

de onde vêm

Veja como os corpos deles crescem sob

você estende o braço até a parede toca a carne deles —
a carne deles é uma cama levantada atrás de si.

A teia que se adensa, a aranha vem do interior e sobe.

Você consegue ainda ver as conchas que ela esvaziou, a cama dela treme vazia

pendurada num fio que nunca quebrará.

Ela se deterá ainda um pouco perante os rostos
à sua volta. Voltará a sumir
                              por trás dos ícones

ela é

ela é
Deus.

Z213: EXIT

Os olhos frios e calmos dele
aquela em que você entrou
está agora à minha volta   você salpica a terra com
frutos, com vinagre as pálpebras, as nossas cidades com sangue

cidades ocultas   nascidas em segredo
clandestinamente casadas   olhos tend   quentes
de adúltera

olhos tend   quentes de adúltera
quente   igreja

mas quando
quando ele terá adormecido
quem está aqui dentro comigo, quem

e os corpos pintados vão se debru
                    gentil face a face
hoje conheço

          que o sono aqui me tome
                    barbatanas dilatando sobre mim
como se visse o seu vestido

Deus enovelou-se ali gelado
impassível   como milhares de
olhos em simultâneo você diria

todas as   cruzes
moinhos de vento prateados acima

larvas brancas e pó
Dentro do

para o seu peito porém não passaram

se eu tivesse guardado um pouco do pão que me deram e um
pedaço de carne

aquele trem saía da Zona se lembre do que te disseram
algo sobre o exílio

por que este nó na barriga sempre antes de adormecer

do que você tem medo?

Acima de você o santo.
Cavaleiro segurando a lança acima de você, como uma flauta.
Uma flautista pintada com dedos atrofiados semeando a boca

Z213: EXIT

do monstro. Por trás, veredas sobem até o rochedo uma árvore
ela própria de pedra
a hera que pelos lábios dela
trepa
Deus trepa pelas mais férteis,

por trás os telhados, o país de que falavam

Depois quando a noite cai
sono,
todos à volta dela uma cama continuam a chegar
um novo ninho, a tua aranha tece lá dentro
os olhos dela os teus olhos ainda calmos frios quando

você reparte o corpo dele, a cada um um pedaço
iluminados   mergulhados no fogo

ramos de tomilho

e embaixo o canto fúnebre
a multidão o leva
velas nas mãos

POENA DAMNI

    doze dos
               bastiões e os homens por trás deles
                     guerreando

Penso em você mas não como antes. Os olhos se abrem no sono, uma toalha que me seca a testa, o alívio de sentir alguém perto de mim. Caio, outra vez o mesmo sonho, esta criança, esta mulher que debruça-se sobre ela para cobri-la, lábios inchados gotejando. Dou um sobressalto. Os outros dormem. Dias de caminhada para subirmos, refúgio em parte nenhuma. Nuvens pesadas, muito rasteiras e por trás não se vê nada. Mas já tínhamos quase chegado, o planalto estava

Silêncio. Só quando os feridos te murmuram ao ouvido.

Já não sinto dor.

Tomei uns comprimidos que me fizeram esquecer tudo e então já nada me importava. Nada me importava, uma faca acertou-me no dedo e nem me esforcei por estancar o sangue. Que devo esperar.

O despontar de uma madrugada sem luz. Uma nuvem. Passou. Voltei a deitar-me.

Mosteiros nas encostas da montanha, ninhos vazios escavados nos rochedos. Gente reunida lá embaixo nas margens, um canto que chega até

POENA DAMNI

>Câmaras nupciais repletas
>nos céus
>multidão de águas
>nos céus

        corpos que a corrente impele, alguns tinham sido puxados para a margem, postos em fila de cabeça para cima, ando às voltas como um louco e te procuro, uma mulher carrega nos braços a filha, temos fome, não comemos há dias. Clarão sem esperança que brilha ainda. Nos sonhos que se confundem um no meu outro. E depois o mesmo menino sobre a mãe, ajuda-me a levantá-la, ele pegava-lhe com firmeza nos trapos encharcados, tem fósforos acende um, está escuro. Ele mostra-me um fosso onde estavam escondidos também outros. Tinham arrombado uma porta e atearam-lhe fogo. Nela vi inscrito o meu nome, repentina dor, estremeci, estranha dor, como uma mordidela. Outro soldado caído por perto. Com lágrimas nos olhos, ele gritava onde está você. Não via, treva da terra que tinha nos olhos, não beba dessa água, não ouvia, o som de marchas sobrepunha-se, levavam-nos lá para baixo para dentro de algum lugar.

De costas. Céu quadrangular por cima de nós aproximando-se à medida que descíamos. Uma casa perdida e aqueles que esquecemos. Os cavalos que já não se aguentam em pé. E depois as carcaças deles embranquecidas junto ao pó. E então chega o momento, começa o sacrifício, erguendo o braço derramam algo. Antes do abate. Onde está você? Já todos se foram, aqui só estão os deuses que despem o casaco e com ele nos cobrem. Mortos agarrados a imagens dispersas até se apagarem também estas. Agora vejo os outros, deixem eles não se aproximem deixem levantar-se por si sós. O cano nu da arma te golpeia na barriga, uma serra, um cantil vazio. Lembro-me também então. Véspera de dia de ano novo. O mesmo frio também então.

A minha barriga. Voltei a acordar. Dorme ao meu lado quem. Os lábios dele, como murmurando uma resposta. Tinha amanhecido, mas já voltou a anoitecer. Eis-me criança, encontro o cigano. Ele vai pelas estradas e canta, eu o sigo. Até aldeias distantes, de repente vê-lo à sua frente, vai pedir esmola nos cemitérios. Disseram que morreu. E no Carnaval vagueia pelas praças. Debruçou-se sobre mim. Pede-me que lhe acenda um cigarro. Algo no fundo da minha barriga. Agora você regressa.

Você regressa.

POENA DAMNI

O seu rosto se apaga novamente, a sua cabeça fugazmente nas minhas mãos, e o seu corpo quente e ao se inclinar para me beijar você hesita como se parecesse ouvir algo ao longe. Ou então também você tem medo. O rumor da água que as sirenes voltaram a abafar. Ao meu lado as flores que apodrecem na sua boca é esse o seu beijo. Véspera da festa da Epifania se lembra? Uma pomba dizem que falou

Depois fui-me embora. Última vez que te vi.

Entrei no bosque e vi, lá onde estava pendurado, na árvore.

Era um abeto.

não durma o seu corpo sob a árvore

amaldiçoado   todo o enforcado sob a árvore

Reméd

e ele tomará

Z213: EXIT

coube-lhe a sorte do bode expiatório

o apresentará vivo

e o enviará para o deserto

Z213: EXIT

Difícil a noite outra vez na estação e no trem e mais uma estação silenciosa e o trem cauda de animal que avança, outra estação, olhos de um estranho que não observam você quer se esconder outra vez, corredor estreito que avança na chuva e que te protege. Sentado imóvel você não consegue os pensamentos não te erguem não consegue avançar nem recuar. Meias molhadas, descalçar os sapatos?, não, ainda não, você se mantém imóvel, quase para sair do mundo, passam as luzes, para você luzes apenas, nada existe por detrás. Nenhum pensamento te impele o corpo nenhuma dor. Um a um todos, quantos se foram, quantos você deixou, pedaços, pedaços como gelo que quebra e cai sobre os seus pés. Que derrete antes que você se mexa. O ritmo do metal te arrasta consigo uma sombra lá fora no corredor que acende um cigarro a mesma árvore que passou tantas vezes diante de ti. Você fuma também. Descalça sapatos e meias e se estende. Nó na barriga, o mesmo. Você cobre os pés com o suéter, cai de bruços. Beliche frio se cola ao seu rosto. Você veste o suéter, sob o casaco põe a bíblia feita de almofada. O peito dela, sua boca semiaberta. Um pouco de vida. Você desabotoa as calças põe a mão. Uma mão que te segura um corpo que se estendeu sobre você. Ela vem você quase a toca e vai-se embora outra vez, saliva na boca, luz pálida e a pulsação vagarosa do corpo quase sem força. Você segura a respiração, o peito dela se aproxima, você espreme, vem aí, de dentro, você espreme quantas gotas consegue, de dentro de você. Fica imóvel, calmo, vazio, a treva te esconde, depois sono. Um empurrão, você escorrega quase cai estica o braço, palma da mão no chão, um livro amarrotado aberto, pega nele e olha para a capa: A primeira morte. Folheia rapidamente em seguida também este faz de almofada, sobre a Bíblia. Quando volta a acordar dois corpos abraçados, a carne entre eles despedaçada, desfazendo-se, peito contra peito, apagando-se um no outro, apagando-se quando você decide se levantar.

Lembrar-me de escrever tanto quanto possível. Tanto quanto me lembro. Para poder lembrar-me. Ao escrever volto a entrar lá. Depois é como se não fosse eu. Apagaram, palavras de um outro. Porém a mesma caligrafia. De um vazio em cujo interior acordo continuamente. Noites que vêm uma a uma atrás de mim. Mulheres vestidas de negro que gritam e se empurram na plataforma quase subindo às cegas quase para não poder descer. Ondas que batem enegrecendo te cospem na cara ondas que vão rebentar uma impele a outra como se fugissem de alguma catástrofe. Um menino me deu a mão para subir. Palma vermelha cujo sangue mal tinha secado. Precisava de um apoio. Na pele selvagem vermelha e cortada que se abre sangue oculto se escondendo brevemente dentro para logo voltar a correr.

As mulheres que batem à porta. A criança que te estende a mão. Vê como escorre nos dedos. Você não quer ver, acorda

Mais uma noite aqui.

Levanta e se veste. Sai deste quarto.

Depois a língua cinzenta que me trouxe da estação até aqui e ocasionalmente eu me voltava para ver se o caminho atrás de mim ainda existia. Língua cinzenta depois um pouco mais amarela cinzenta e sempre um pouco mais amarela até aqui. Até aqui onde as paredes cortaram os flancos da montanha.

Pó, você não consegue respirar, entra nos olhos. Terra, do teto. Tarde, negra e amarela. Terra negra, pedras amarelas que reluzem, você pega numa e desfaz-se.

Patamar, você trepa um pouco mais acima, olha para dentro do reservatório vazio, torrões que arranca das paredes desfazem-se novamente, o que esperava? Depois você segue as tábuas decrépitas segue as correias, uma atrás da outra, ao avançar uma pequena porta, talvez aquilo que procurava. Sombras de pessoas. Sentadas em volta de um banco jogam cartas. Pensativas, a lâmpada tremeluzindo e se apagando, as sombras das mãos que negociam se apagam. Escuridão outra vez. Um fósforo volta a dispersá-la. Depois o do fósforo tira alguma coisa para ler, algo como um poema. Silêncio. Silêncio. Como se salmodiasse. E mais outro. Do seu bolso outra folha, a lê. Os outros ao ouvi-lo bocej   encostam-se uns aos outros. Hora de dormir. Respiração pesada intensificando-se no sono   orpos pouco a pouco à sua frente as filas. De sonhos. Depois novamente ninguém em parte alguma, lama amarela. Armário, camisas rotas pó, pó, um banco quatro cinco cadeiras, uma prateleira, uma jarra vazia. Um raio, de onde, tateando na parede uma frase, meia, gravada embaixo, repetidamente

        cada dia mais fundo, cegos até o final. Raça de toupeiras.

Mais fundo, cada dia se embrenham mais fundo. Você não respira. Não aguenta, quer sair. Volta atrás, respira. Acalma-se. Respira, lentamente. Ali fica a saída. Por ali entra a luz. Você subiu. Saiu, está no exterior

Novamente cá fora

        chaminés no sopé
pareceu fumaça

os olhos habituam-se, você toma fôlego, olha o mar, está tudo bem, agora tudo se acalmou, o horizonte   vozes
descem
sobem sem bater as asas.

Bando branco no céu, a última luz nas suas asas. Em breve ficará escuro. Você voltará a entrar para ver se estão ainda lá

Volta a entrar. Na galeria principal, e mais além. Correntes, outra vez, segue-as, o caminho estreita-se ao avançar, como uma mão na parede

    Primei a mat mole lama amarela que goteja à medida que se escava, mais mole, mais quente, uma mão de pedra quebrada que te puxa para o interior para entre outras. Corpos incorruptíveis.

Como as pedras e o ferro. Escada de madeira apodrecida mas você sobe, um pano branco. Não, é uma gaivota. Morta emaranhada no amontoado, uma asa saindo de dentro da roupa. Pescoço carcomido ainda sangrando. Ratos. Sangue nas suas garras. Bico carcomido.

Mas não cheira a nada. Apenas pó.

Prossigo. Sigo a linha dos trilhos. Nas entradas números escritos ao contrário. Escora. Uma clepsidra imensa. Já a vi antes. Antes talvez, penso que já passei por aqui. Buraco no teto. Vento exterior. Passos, como se alguém se aproximasse. Mas também pode ser o vento. Como os passos que vinham cada manhã. Vinham cada manhã e também ao fim do dia nos interrogávamos

Neblina. Saí para o lado da costa. Pouco se vê ao longe.

                      De pescoços de altos demônios. E depois novamente no escuro dos dormitórios, cada um se escondia no seu silêncio. Mas quem ouvisse primeiro passos gritava. Vinham antes de amanhecer

Outra vez a pancada atrás de mim lentamente. Lajes quebradas. Ressonância dos meus passos. Gaivota, outra que aqui ficou presa. Ainda fresca. Nos seus buracos os ratos esperam que eu me vá. Imóveis nos seus buracos. Este som de passos novamente. A ressonância. Espero. Silêncio. Silêncio. O som outra vez. Agora mais perto, atrás de mim. Quem.

Ali não há nada. Roldanas. Rodas dentadas, você dá nelas uma volta. Um círculo circundando outro. E ainda outro ao redor. Enferrujados mas rodando. Brinquei um pouco com isso. Uma corrente que descia fundo no escuro.

Quão fundo. Daqui.

Por que vocês estão assim olhando para o céu?

Porque se senta e olha para cima? Você observa, pode quase calcular a distância que desceu mas a partir dali não há subida.

Não tão fundo quanto isso, nem a escuridão é total. Você habitua-se. Clarão repentina água caindo. Com esta tempestade ainda bem que estou aqui dentro. Descanso num ponto onde não vejo quase nada mas consigo ouvir

Ainda tenho a lanterna que ele me deu.

                              Chuva forte te acorda.
Você acorda e vê à sua frente o riacho que desce vindo de cima. Segue-o e sai.

Você dirige-se a um determinado ponto, um canal que o entulho veda, tira duas pedras, tira mais, atrás ainda mais lama. Cai terra quando põe a mão no buraco. Terra para tirar.

Você tinha visto uma pá no caminho até aqui, volta atrás e a pega.

Parece mais um remo que uma pá. Madeira quebrada, grandes garrafas, um balde com algo semelhante a piche, um carrinho mais à frente.

Pega-lhe e experimenta. Primeiro escava ao alto.

Ficou cansado. Pode voltar atrás e tentar se lembrar do caminho que tomou.

Não se lembra. Volta atrás e escava.

Basta isso para você conseguir se arrastar para o interior. Embora apertado é possível. Agora você tem que se aproximar do encanamento. Luz, forte, um raio que te olha de cima. Intensificando-se à medida que você sobe.

Buraco vazio que te olha de baixo. Cuidado para não escorregar. Escave, você consegue, abrirá assim um olho ao topo que te dará luz.

Você escava com as mãos em direção à luz. Porta apodrecida. Arromba-a, continua a escavar.

Você trepa, cai com as mãos espalmadas para recomeçar. Acima vê raízes suspensas como cordas. Aproxima-se. Não pare. Quer escavar mais depressa te doem os braços agora não

Vento. Está quase chegando. Você toma fôlego não consegue ainda ver o céu mas o respira. Descansa, senta-se um pouco naquele recanto. Ouve o zumbido do vento. Se parasse talvez conseguisse ouvi-los. Aqueles que viu. Também eles te viram e talvez quisessem te manter junto deles mas não podem dizê-lo, não conseguem abrir a boca. Ou talvez eles queiram também sair, que os levasse contigo. Dar a eles de beber, se tivesse.

                        E os pio   res como água corrente
sobre eles   como   verme na madeira.

Saírem como vermes da madeira.

Os ratos, já devem ter saído.

                        a luz te berra para subir te berra cai
à sua frente

Você está aqui fora. Colina, está pouco abaixo do cume. O sol, descansa ao sol. O mundo todo uma trêmula folha verde. Na planície   vermelho amarelo

        uma árvore inclinada sobre outra — uma ponte não muito longe — animais um inclinado sobre o outro

deitados juntos

Você passará aqui a noite. Que não tardará a chegar.

Acordei durante a noite. Duas grandes lareiras ardiam

provocou   um incêndio que devorou tudo à sua volta

embora segundo os cálculos deles já tenhamos regressado na semana que vem

Ainda muita fumaça e ardem-me os olhos agora que escrevo

POENA DAMNI

gritos e choro e nos aproximamos por curiosidade

                                        e ouvi e chorei e com aflição orei e
quando o sol se pôs eu
vi
de florestas   batizadas pelo fogo   a ele ilesas

o mar dos corpos queimados um ao lado do outro

Isso não esquecerei n

Que havia ali. Poços estreitos, para que ar chegasse lá abaixo. Quase uma cidade inteira, tinham escavado para se esconderem lá dentro, as casas desertas por cima eram apenas uma cobertura. Senão os matariam se os encontrassem. Ainda se escondiam ali, em dado momento pareceu-me que alguém me observava, como se eu não estivesse sozinho. E esta divisão como uma igreja ao lado era uma cozinha e quando entrei cheirou a comida. E a outra, a divisão grande com os ovos de pedra como mesas, e musgo por cima como verdes e brilhantes cabelos.

Porque senão para onde ir? Onde te esconder? O mundo esvazia-se, como estas casas desertas. Eles ficam com dor de barriga se não matarem. Exteriormente parecem-se contigo se não tirarem a máscara. Vão pegar o seu corpo e vão pôr um dos deles no seu lugar. Mas enquanto você está em fuga ninguém te encontra. Eles são como gente

Voltei a adormecer. Ainda não amanheceu. Amanhã desço para ir até a estação. Se amanhã também não passar terei de pernoitar lá.

até aqui. Calor volta a olhar ao redor falam pouco te importa sobre o quê apenas ouvi-los falar. Petróleo. Fogareiro. Eu sentia falta disso, calor e esperar para beber. A minha vez, não, ainda não. Ele fala te olha como se você estivesse com eles. A minha vez. Também não. Fala de uma viagem, alguns dias noutros lugares, e depois regresso. O fogareiro, quando você bebe sente óleo espesso na garganta. Volta a engolir. Ele fala, mudou de assunto, fala. Por fim a sua vez, você bebe e o ouve e o olha. Compridos, grisalhos, encaracolados. Amarelo vermelho. Fora, a luz cinzenta guarda ainda vestígios de azul celeste. Que alívio beber, estar ali sentado. Todos juntos, também os que estão à sua frente, falando ao seu redor todos juntos. Ainda aqui vivem. Sete, nove, nove mais você. E mais outro que chega com o bolo. Velas, os lábios que as apagaram, riem-se, te dão também uma fatia, os trilhos como novos por causa da chuva, agora não há outro trem. Você bebe, se conforta. E mais uma. Ela sorri te toca o ombro um arrepio fugaz, te pergunta se tem frio. Você olha para a boca dela. E para onde hei de ir depois. Você ficou um pouco tonto, está cansado. Banheiro. Fica ali um pouco. Sozinho. Como um rio em hora de paz. Borboletas escuras como buracos na parede, de quem estão à espera, quem novamente se esconderá entre eles até a aurora chegar e irem para casa dormir. Como se ninguém as visse, ao fundo na fresta da parede em frente, que pouco a pouco aumenta de tamanho, em cima de nós. Também as cortinas cobrirão como mortalhas a luz. Lá fora o vento sopra, as primeiras gotas no vidro. C ort a-ve nto. Esta noite a chuva não te deterá. Ela chamou-o. Uma grade de cervejas que chega. Toma uma garrafa e bebe o mundo que ganha forma dentro de você, ganha pouco a pouco forma ao beber, mas no final pesa, você já não consegue sustentá-lo te cai das mãos e se despedaça. Tudo está porém ainda no devido lugar tudo menos você. Aquilo que sobrou dentro de ti não encaixa em lado nenhum você o tem na mão e não sabe a quem o dar. Prova o bolo que te deram. Uma colherada. Os trilhos raízes paralelas compridos jardins dos trens, úmidos, e acima as enxárcias correndo paralelas no céu deles. Dentro de ti aquilo. Sob a respiração da melancolia algo como. Dentro de mim. Música que lentamente. Você se levanta. Já nem se lembrava como. A beam of light will fill your head and you'll remember what's been said. Pessoas, um pescoço inclinado noutro à espera de quê. Os animais e acima deles uma faca. That looks like you that looks like me. E estas galerias. Como saí. Pista sem rastro daqueles que me procuram daqueles que procuro. Mais um. A tensão cai por momentos o monitor se perde por instantes, preto-e-branco, a cores preto-e-branco, onda na parede em frente. Tremem os vidros. Sem voz tremem, a música que encobre. Decaem brevemente as luzes, apenas brevemente, uma canção encobre, você bebe, dos dentes je creuserai la terre jusqu'après ma mort pour couvrir ton corps d'or et de lumière cobrir o seu corpo devenir l'ombre de ton ombre l'ombre de ton chien, a chuva, você bebe, a chuva novamente. Envia um corvo para ver se em algum lugar serenou. Ele fixou-se em algum lugar e não voltará. Nem você voltará, mas você não tem onde se fixar. Descansa um pouco aqui junto deles. Fala e esquece, retém o rosto dela o mais possível quando partir. Se ela me beijasse. Como o, ele dizia pensa que a parede está dentro de você, não pare, não deixe que o rosto dela fique encoberto, escava até o extrair pega numa colher e escava. O rosto dela. Agora vou revelá-lo na parede. Dois buracos pouco fundos, outro mais abaixo. Ele escavava com a colher, ele cuspia para dentro do buraco para amolecer

Mais uma rodada. É ela quem me traz. Sentou-se ao meu lado. Talvez deixe os seus ovos nesta fresta. O peito dela acaricia o meu ombro, cigarro, ainda tenho. Você pensa que se a beijasse, um aperto na barriga, a música que   o seu peito um aperto o seu corpo que quer mais. That I could be in love with almost everyone I think that people are the greatest fun

And I will be

  Quando foi a última vez que ouvi isto. O bobo da corte. Just give me a chance to do my turn for you. Deitados juntos.

but in the grey of the morning
my mind becomes confused
between the dead and the sleeping

Manhã, só com o que restou de seu dentro de você.
Agora pressiona e precisa sair.

                                                  mij

Z213: EXIT

o sol que sai da estação à sua caça, sobe, põe-se à sua frente, descobrir onde você tinha ficado, procura, aí ou noutro lugar, nas fachadas cinzentas que não te conhecem, do que você se lembra do caminho que se perde, volte atrás até uma esquina sente-se um pouco, e mais uma vez, as ruas que você alterna horas que você caminha, velhas que te olham por trás das janelas aumentam diminuem você caminha sem sair para lado nenhum as estradas aumentam, diminuem, curvam-se aos seus pés, reerguem-se e sobem, você se levanta se senta avança mais um pouco, pergunta a alguém, entra, uma igreja cheia, alguém terá morrido, descansa um pouco, joelhos fechados, olhos fechados, lembra-se de algo volta a sair, e outros também, a campainha, a porta que destranca, o porteiro, você entra atrás deles até o corredor, depois à direita e acima as escadas, óculos grossos, e uma borbulha debaixo do nariz dele, não se deu conta de você ou te tomou por outra pessoa, como ele haveria de te ver no escuro, ou então não vê bem, você sobe as escadas, até o primeiro andar, deita-se, cobre-se ainda é cedo para dormir. Tem frio, cobre-se, aconchega-se, treme, estende-se, dos pés ao corpo às mãos um líquido morno te cobre, tomou-te por outro e deixou-te passar, quem mais mora aqui, você se cobre, acorda vazio num sonho, os olhos que abrem e novamente nos separam, você não consegue puxá-la para si, levanta-se, cai, tem sede, foi a sede que te acordou, muitas vezes a mesma história, que horas são, lá fora, luzes, conta quantas acesas quantas apagadas, o reboco cansado por cima que aguarda como uma barata, solitário e imóvel como uma barata, procurando por algum lugar quente onde se esconder, do calor, você sua, o teto desce até os seus pés, a janela desce até os seus pés, o que você pode ver dali, apenas céu, céu sem nada, nada acima dos telhados, dos seus pés até os joelhos, você se levanta sai até o corredor, os outros quartos também vazios, a não ser de onde se ouve sono, você volta para a cama com os olhos abertos espera até adormecer.

Dias ali.

Saí só à procura de algo para comer, duas três vezes.

Uma vez ele não estava lá, outra não deu por mim.

        caminhar.

Outra vez sorriu como se me conhecesse.

Fossas com ossos ao lado das casas

Por todo o lado tinham acendido lareiras.

De noite na rua ninguém. Ninguém compreenderá
como saí e entrei, que durmo lá

de rua em rua

queimar tudo e começar de novo, você não consegue compreender como viviam aqui

sentemo-nos em volta d
        Queimavam as lanchas salva-vi
para que ninguém fugisse

POENA DAMNI

Gente na rua. Agredida.
Meia-noite de sexta-feira santa.

Desfaço um pouco de pão na minha sopa. Tremem-me as mãos.

todas as tardes, nas casas que ainda fumegam,

Ressurreição na igreja vazia

juntaram toda a madeira que lá havia

quebraram-na e lançaram tudo para a pilha

queimaram tudo

Fiquei aqui sozinho, os outros se foram

                        com a sorte que tiveram e
salvaram-se.

Tanta gente
acotovelada no cais
ao som dos barcos ao longe

saltavam sem calcular a distância

                sob as ruínas das torres, e quando nos aproximamos

Tento manter-me acordado. Molho a cara com água, aperto

Bandeiras podres.

Nos lábios um pouco de água.

Como se não fossem gente

em plena luz, o povo via os relâmpagos, ouvia os trovões e o som da trombeta e via o monte envolto em fumaça

gravemente ferido e falando sem nexo

POENA DAMNI

sobre aqueles que atravessaram o mar que se abriu e aqueles
que os perseguiam que foram engolidos pela onda e se torna-
ram gaivotas, são as gaivotas que por vezes ele via ele

meio comido pela ferrugem, meio afogado:

Ulisses

fora do hotel,   Exce sior,
seriam uns dez,
te chamando para subir
trinta
anda, anda,

algo debaixo da cama numa caixa

construírem ninhos   onde pôr os ovos
os ovos deles ali

não mat   ás

envolveram-no num lençol e o fizeram descer

Z213: EXIT

varreram porque tinham caído gotas sobre os degraus

para mim construirá um altar feito de pedras

segure-o bem na cabeça para que não se mexa

Hora de partida: Duas e treze.

                        outra vez o pé. Não tenho analgésicos

E quando você já não conseguir se lembrar, apenas sinais dispersos sem sentido, e você não consegue ordená-los. Mesmo assim tenta enquanto dura a luz. Volta-se e vê a sombra trêmula por trás das suas costas, detém-se e olha o passado, volta a percorrer os corredores por onde o seu olhar vagueava, fantasmas atentos, abre as caixas, lembra-se do outro lado da parede. Senta-se à beira da estrada e vê-se a si mesmo passar. Observa a rede, repara nos corredores do labirinto, voltam todos a conduzir ao mesmo ponto, que não coincide exatamente com a saída.

Subimos. Uma escada por trás dos banheiros, quase vertical, eu já quase não via nada, quase só a seguia às cegas. Como uma onda que se erguia, como um arquejo. Como se não fosse verdade até entrarmos e a porta se fechar. Cadeira, cama, mais o quê, não reparei, tudo concentrado ao meu redor. Ela fechou a cortina, alisou a cama, a cadeira onde colocar as minhas calças por momentos. Boca semiaberta. Boca semiaberta sobre mim. Agarrou-me sentei-me ao lado dela inclinei-me veio por cima abriu pegou-me na mão e a fez procurar seus seios. A mão dela afastando os cabelos. Ergui-me um pouco para lhe tocar, voltei a cair, a sua boca em mim. Chupava com força, a cadeira, onde eu conseguia, manter o olhar, tudo se dissolvia turvo, não conseguia conter-me, fechei os olhos para conseguir conter-me, nem assim, ela chupava com demasiada força, depressa, nada, eu não conseguia, nada bastava. Ela bafejava-me as pernas. Lá fora eu não via. A cortina puxada tapando a entrada da luz. Onda imobilizada. Sentou-se, a mão dela subindo e descendo, em mim. Pareceu-me ver um dedo a mais nas costas da sua mão. Com força, demasiada força. Doía-me. Tentei deter o olhar na boca dela. Não aguentava mais, pus-me de pé. A mão dela em mim, voltei a sentar-me ao lado dela, recomeçou, com a mão batia e apertava, a minha mão vagueava por um peito pesado sem mamilos por uma barriga sem umbigo. Os lábios onde eu detinha o olhar, inclinei-me, as nossas línguas tocaram-se. Algo quase a sair, depois nada. Onda imobilizada. Uma sombra por trás, a sombra dele, o medo de que me tivesse seguido até aqui. Ele vai bater à porta, vai abrir, vai encontrar-me seminu, de pé à frente da cama. A mão dela continuava a subir e a descer. O sino que ouvimos lá fora, que tocou por nós. Vazios ouvindo aquele toque, sem nada a sair. Sem que ela conseguisse extrair nada de dentro de mim. Levantou-se, abriu a cortina. Ninguém. Voltei a descer à rua. Depois não me lembro. Apenas que acordei, quando bateram à porta no meio da noite, na minha mão esperma e saliva da boca dela.

De onde vinha eu? Como me chamava? Para onde ia? Que me sentasse, se quisesse sentar-me. Que relaxasse, eu que tanto tinha caminhado à deriva até entrar, tinha medo de voltar a tentar. Deveria ela baixar a intensidade da luz ou estava bem assim? Sem que ela se despisse. Eu deitado e ela sentada sobre as minhas pernas para eu a ver. Tal como eu a tinha imaginado na noite anterior quando saiu à janela. Quando a desejei. As vozes da rua ou de outros quartos, risos. As calças postas cuidadosamente sobre a cadeira. Para que precisaria ela de um lenço de papel? Deitei-me com as pernas estendidas e fechadas, braços colados ao corpo. Como se dentro de um caixão. E suspendi a respiração por momentos. Mas era melhor respirar, calmamente e um pouco mais devagar. Começou, ergui o olhar ao teto. Branco, lençol vazio dois metros acima de nós. Perguntou-me se preferia devagar ou mais depressa, eu não sentia disse-lhe mais devagar. Sentia como que um membro que não fosse meu embora parte do meu corpo. Membro alheio saindo do meu corpo. Para trás para a frente, como se limpando o cano de uma arma. Para a frente para trás, agora mais devagar. O peito dela pressionando em frente. Movi a cintura para cima para baixo, assim é melhor, devagar, depois um pouco mais depressa. Ela olhava para baixo a mão atentamente à espera. Eu a sentia pressionar-me e depois abrir e relaxar. Sentia-a pressionar-me o sangue nas veias, sempre com mais força, não percebia como.

Queria só ver os movimentos dela em cima de mim. Não, ainda não, espera, só o espelho, a parede branca outra vez, o corpo duro em cima de mim. Por instantes você não olha para lado nenhum, apenas sente, o corpo a encher-se, a saliva que cai, o animal arranha lá dentro e quer sair, você quer sair, o animal sedento pressiona de dentro para sair pela sua cabeça que transborda. Que transborda entre os dedos dela e que empurra e você aproxima-se do peito dela. E depois, depois como se você não existisse, como se o animal tivesse morrido e eu acabado todo dentro dela. Se eu ficasse assim, vazio, vazio e limpo. Então o mundo ergue-se calmo à sua frente, pacífico, simples, limpo sob o seu olhar. Então eu, não importava quão sozinho eu estivesse. Ela sorriu como se compreendesse, eu iria embora eu voltaria eu ia querê-la outra vez, penso nela agora, oxalá outra vez. Ela pegou o lenço de papel limpou-me. E pressionou-o por instantes, como sobre uma borbulha que acabou de rebentar.

Z213: EXIT

Hoje são estes que eles vão levar. Lá fora, no meio da
estrada um rebanho cercado, um pisando
os pés do outro e depois outra vez na lama
antes de partir por hoje também esta pilha, para onde,
quem sabe para onde, para lado nenhum, para lado nenhum
                todos juntos,

com a boca ainda cheia da dose de ontem, qual boca
agora são todos juntos uma boca, fechada. E os restantes,
todos juntos, num trem rumo aonde, vindo de um mundo
                que já foi,
até chegarem onde, longe, lá onde se deixa de sentir, nada
se eleva aos seus ouvidos ao seu nariz,

só o medo. E as suspeitas, os olhares furtivos o cansaço,
cada um deles uma asa sem corpo. Batendo na cabeça uma
                a uma
e todas em simultâneo, rajadas de metralhadoras, cascos de
                cavalos de ferro
rodas afundadas, grilhões que florescem na lama,
um amigo chorando ao seu lado. E no entanto

nestas cavidades, as armas arruinadas reluzem qual
uma vela como em tempos nas capelas dos Cristãos,

POENA DAMNI

para que os caixões vazios encontrem o caminho e venham,
                    os caixões
vazios daqueles que caíram no fosso, e agora apodreceu-lhes
o corpo mais depressa, sem gritos nem luto

nem atraso. Ainda assim ao meio-dia ouvem-se os passos,
canções, a morte cantando através do útero da
sua mãe, das mulheres que lutavam para se erguer
da terra. Ou que o escondiam sob a língua, como
um segredo, se você o descobrisse não poderia voltar.

Mas a mente regressa sempre aos lugares onde não regressará,
desbota, desbotei com isto tudo na cabeça, no fim
este fragmento não encaixa em lado nenhum, eu, a cabeça que
pesa, a estrada que parte da janela a surpresa de
ainda se aguentar de pé, lá fora luzes tênues me anestesiando,

injeções diretas nos olhos. Ainda assim, compreendo
que a estrada corre também dentro de mim, vejo como águias
que pousaram sobre os escombros, sobre os
pulmões, peitos abertos, corações, enrugados
perdidos. E o seu irmão chorando ao seu lado.

Esquece essa velha história, deixa, já se afundou
o bastante, esse mundo atrás de você não mais sairá das trevas

Z213: EXIT

já morreu, não tem olhos para erguer ao céu, não tem cabeça
que projete fora da carapaça. Só um osso
que te recordava algo, mas já não por muito tempo.

Passamos também pelo porto, agora aproximamo-nos, o mar,
já se vê o rochedo do Farol apagado de que te falaram,
já estou longe, e porém ainda penso fugazmente em vocês que –
vocês, as suas cidades cansadas, as crianças

envelhecidas, os amores com dores de dente, as carruagens
                              cheias
de afogados, a verdade que aperta, aperta em torno do que
                              aconteceu
dizem-no vocês, juntam-se todos, um círculo, o nó que asfixia,
                              as árvores
o fruto que não cai à terra, os corpos quebrados de amor,
o amigo que você não vê nem ouve,
repara ainda que ao seu lado

A princípio você não vê só imagina, depois julga ver, no pensamento projeta uma extensão onde ainda nada se mostra. Apenas espaço, nevoeiro. Depois isola uma parte para distinguir a paisagem ao nível do olhar, até conseguir distinguir objetos um a um. Se olha para mais longe perde-se a nitidez e quanto mais avança mais recuam os limites. Depois você olha pela janela ao seu lado, alguns metros e um pouco mais além e vê que eles viajam, não você, os objetos, se é que os pode chamar objetos. Você vê-los passar ao lado do trem, não pode tocá-los, pode vê-los. Por ordem um atrás do outro. Mas mesmo que tivesse os olhos fechados eles viajariam através do seu tato, se você estendesse o braço e os tocasse os sentiria passar, encontros que continuariam um após outro, por ordem. A isso você chamaria uma ordem, e se fizesse o mesmo movimento de trás para a frente poderia até prevê-la, a mesma ordem, do fim para o princípio. E se quiser começar por outro ponto basta mudar o percurso, mudar a ordem. A mão pelas calças, no assento, no metal do seu braço, no vidro da janela, e de novo ao contrário, a mesma ordem, com as distâncias que você tinha observado no espaço. A tudo isto você chama objetos e no entanto são apenas nomes que falam à alma. E você pode sempre fechar os olhos e recomeçar do princípio, é sempre a mesma coisa, já sabe como é. Não como quando você tem os olhos abertos, e vê as coisas mudarem continuamente, mudam de cor porque a luz muda, ganham

tamanho se as aproxima de si, até que fiquem foscas, perdem-
-se, acendem e apagam, da luz à escuridão e vice-versa. Você
se esquece delas no escuro e espera por elas na luz. E agora
que entramos na escuridão observa e espera para ver o que há
de lá sair, enquanto avançamos. Porque você já sabe que o céu
é ali, mesmo que esteja escuro, mesmo que esteja vazio. Tal
como sabe que sob os seus pés a terra te impele a prosseguir. A
roda a impele, como a terra impele a roda. Se ela cedesse um
pouco desceríamos ao seu interior. Talvez desçamos mesmo
em algum lugar. Talvez quando lá chegarmos, ao horizonte,
esta superfície não seja tão dura. Vamos todos juntos para lá,
agora o trem entra no túnel que por momentos nos afasta a
luz, mas agora voltou, novamente a paisagem se abre em torno de todos os olhos, novamente sabemos que avançamos, os
olhos acalmam-se voltam a reconhecer a anatomia do espaço.
E abre-se a estrada à medida que nos aproximamos a estrada
abre outra estrada para que não sejamos forçados a parar, uma
porta abre-se sempre à nossa frente. Nunca a encontraremos
fechada não teremos de parar, de bater, de esperar que abram.
Nunca apanharemos o novelo que se desfia. Diante de nós
enrolando e desenrolando as suas pontas, o veremos, ponto
escuro adiante ao longe. Sem ruído ou avançando com o
trem deste ruído. Que te puxa ou empurra você se move
mas continua ali. E nem se pergunta como poderá abrir para
entrar para ver algo diferente, porque mesmo que avance não

chegará a nada, não existe exterior nem interior, você nunca entrou, para ti existe apenas entrada, você segue uma porta que abre continuamente, no entanto dentro de ti não está e não existe, naturalmente, modo de sair.

E ouvi o suspiro e alguém dizer-me: caminha. Caminha até o meio do mar, e eu te salvarei e não pare até passar adiante. E outro me disse: e você levará os nossos ossos contigo. E descansei um pouco, e vi no céu uma nuvem longa. E se manteve imóvel todo o dia e toda a noite. E à noite era como se pegasse fogo, vermelho o mar. Vermelho. E pensei porque errei até aqui e quem me perseguiu. Talvez ele me alcance no extremo do mar. E tive medo. Eu podia ter ficado ali, morrer, não mais viajar. Talvez me tenham deixado ir para verem o que eu faria e depois mandaram alguém atrás de mim. Talvez antes lá preso que morrer sozinho aqui. E alguém me repetiu: caminhe para se salvar, e leve uma vara, e estenda o braço sobre o mar e deixe a vara cair e quebre-a em duas. E passe pelo meio. E a nuvem veio e parou atrás de mim e voltou a escurecer. E peguei a vara, e estendi o braço sobre o mar, e o vento soprava toda a noite, dois ventos contrários vindos do mesmo ponto. E o mar concentrou-se num monte de um lado no outro monte de outro. E no meio um caminho. E por aí passei, de um lado e de outro uma muralha vermelha. E voltei a ouvir um suspiro atrás de mim e lembrei-me de que os transportavam num caminhão até a praia. E ouvi, novamente vozes, aquele porquê, e as canas que batiam ao vento.

Z213: EXIT

Ele disse   corramos alcancemo-los
A minha alma se saciará   da carne   derreteram-se todos.
Montando sangrentas nuvens
cobriu-os

                     o sussurro.

Antes que   caia a noite   cantemos a
Na dádiva

Frutificam   como geada sobre a terra
cães que perseguem e ladram

Madeira, e mergulharam-na na água
E fez-se doce
Mas guardaram-na até a manhã. E
Encheu-se de vermes e apodreceu no fundo

               cálices cheios e eles não podiam beber

E derreteram todos menos um. E os ossos ao sol como
gesso

E ele saiu do deserto

Passagens   e aí acamparam.

POENA DAMNI

Nos dai   estendendo os braços à água

    faz-nos deuses que marchem à nossa frente

naufrágio dos   sob a montanha.

Z213: EXIT

Ninguém vem atrás de mim. Esqueceram-se de mim certamente. Aqui não virá ninguém me buscar. Não poderiam nunca me encontrar aqui. Ninguém nunca. Nem se deram conta quando fugi nada. Não deram por mim não deram importância ninguém se lembra. Agora não se lembrarão quando nem como. Nem eu. Rastros apenas memória indefinida e estas imagens quando espreito o que escrevi, rastros de passos sobre a lama antes que recomece a chover. Imagens incertas da estrada e pensamentos meias-palavras, e se você as ler sem nomes não compreenderá, poderia ser em qualquer lugar, e depois não falei com ninguém e dos que me viram certamente ninguém se lembra de mim. Por vezes um rosto vagamente reconhecível, de outro tempo, alguém te viu, você o conhecia, não, parte de outra pessoa num rosto desconhecido. Ou o ritmo dos passos que se ouve atrás de ti, o ritmo dos seus próprios passos, que por vezes te parece que te seguem, quando você para eles param, ou num momento você pensa que vêm atrás de você, ou pensa que alguém respira atrás da porta e que vai entrar agora. E depois nada, e depois outra vez, e você volta de repente a cabeça como se os ouvisse. Ninguém porém. Você está longe, ninguém te conhece, ninguém quer te encontrar, ninguém te procura. E amanhã estará noutro lugar ainda mais distante, ainda mais difícil mesmo que tivessem enviado alguém. Não sabem o caminho e quando descobrirem já você chegou a outro lugar. Sabem procurar mas não conhecem o caminho. E mesmo que tenham começado em algum ponto é sempre longe demais. E não serão muitos. Talvez só um. Um como se fossem todos. Os mesmos olhos que procuram, o mesmo cérebro que calcula o próximo movimento. As mesmas pernas que correm os mesmos braços que se estendem. Os ouvidos em escuta atenta, as narinas atrás da presa. Sempre fizeram assim. Dois olhos, dois ouvidos, duas narinas, dois braços, duas pernas. A simetria da máquina que te persegue. Uma rede que pensa decide e avança. A cabeça o anzol o corpo um cinto. Todos o mesmo. Eu também. Um atrás do outro. À frente atrás mais atrás, seguindo a estrada. E se você não sabe de qualquer modo corre em frente, porque vem sempre alguém atrás de você. Devagar ou depressa. E por fim chega uma mão que te agarra pelo ombro, ou um verme que te sobe pelo braço. Ele revolve-se sobre uma almofada de saliva. Avante. E ao revolver-se aumenta de tamanho e se enrosca ao seu corpo. Uma língua plana sobre a saliva dele com dois olhos que se erguem para te ver. Talvez não a você, espreitam onde será melhor começar. Como aquele que, naquela noite estávamos esfomeados, que cravou uma boca aberta na barriga dele. Assim também esta língua é barriga e boca, sempre aberta. Daí você vai para outro lugar, no caminho interior que se abre, nas curvas do intestino, aí claro que já está inconsciente, inconsciente você percorre o caminho do regresso e quando acorda já lá está outra vez dentro.

Senha: freio, fim do percurso aqui.

de medo. Tento apertar o gatilho, é como se tivesse a mão
paralisada
                Cartazes rasgados   E rosto.   O arquiteto
do plano. Paredes que mal se aguentam estão prestes

      Destroços do último ataque.

                    trajetos alternativos no mapa

linhas de sinalização e
as espirais da rede que é tecida à nossa volta

teia de aranha   fuga nenhuma.

Você bate em retirada não ordenada. Dos restantes uns sofrem
de sede, outros perdem o fôlego

procurávamos e não encontrávamos nada e me diziam porque
nos trouxe aqui para morrermos, dá-nos água de beber

                    que seja responsabilidade minha

POENA DAMNI

       o fracasso da tentativa

             e em frente, montam tendas estão perto de nós
em frente
e nos veem e aguardam o momento indicado
                  até os últimos limites da nossa resistência,

que aguardemos ainda reforços

disseram outra vez o mesmo,   o cano quebrou,

quem irá buscar água

em crateras abertas por bombas, misturada com terra e sangue
gaze para a limparem

mas sem que eu sinta dor

com algum   provavelmente ficaremos
ainda aqui vários dias.

e ergo-me e conduzo vocês de dia numa coluna de nuvem de
noite numa coluna de fogo

Z213: EXIT

é possível que nos levem para outro lugar.
porque é que te digo isto tudo, seja como for não espere

e sobretudo
mas tratando-se de   e não

teço caminhos de perdição e a terra os engoliu e eles mergu-
lharam como chumbo em águas turbulentas

Nem   durante a noite toda ele me explicava

dupla alimentação
                          problema com o carregador
repare, neste ponto preciso
                                              mas existe
              uma avaria mais rara
o obturador

adormeci de olhos abertos.

e a necessária vigília
fotografia sobre o mármore   a única mulher
que aqui vimos e
              uma cadeia
de explosões, no

POENA DAMNI

     como um arquipélago
sinal luminoso na escuridão total e nós
à deriva
e de outros

de guarda até ficarem cegos olhos sem sono

Faça o que tiver que fazer mas o melhor é não pensar em nada

Você pode se sentar em uma mesa e elaborar os planos que
quiser mas que sentido faznem sequer pense
você diz há de passar algum trem se conseguir chegar até lá

se conseguir chegar

à sua espera

se sair daqui

mas que não tente f

da liberdade que te será um fardo, irá sozinho
para aqui para ali sem ninguém para
ninguém virá reclamar
da sua vida perdida

Z213: EXIT

dê-lhe um pouco de água, cuidado para não engasgar

no fim, tão depressa que ele respirava, você se lembra
o que não consegue esquecer, é disso que se lembra
é isso que ficará contigo

      com   voz rouca ele o disse, de tanto gritar
e daquilo que estávamos a respirar.

E algumas hemoptises

sentimentos de esperança, amor ou dor, por ninguém, nada,
vazios   deixamos tudo lá

E daqui para a frente
no entanto você vive como se tivesse sempre sido assim
encontra sempre o   caminho
ainda te dói,

do segredo que não quer contar, quem poderia te ouvir

      venho buscar

e virei, a sua mão, como está a sua mão

POENA DAMNI

vou deixá-la não posso trazê-la comigo

agora não

quando voltar, até lá

deveremos estar
como te escrevi.

Ouça-me, não pense em nada
e se   nos sentarmos para
a fogueira que não acendia, a lenha molhada que pingava
Ordem para partida imediata

Vai, levante-se

que vocês partam e subam
e eís que envio à sua frente o meu mensageiro, e ele conduzirá

ouça   sempre a mesma canção

totalmente bêbados

mas eu não subirei contigo, ficarei aqui, dá no mesmo, tome
leite e um pedaço de pão

Z213: EXIT

                    Os homens pegaram o presente,
muniram-se com o dobro do dinheiro

você arrasta os pés os sentindo alheios
                posto que já não temos para onde ir

como moedas enegrecidas em caixas de vidro,

       o que puderem, em auxílio de

o sangue acumulando-se pinceladas esparsas no corpo imóvel

                    Os olhos do pai dele que
sobre ele se inclina,
você se lembra

nos pardais   e nos cabos enferrujados
onde penduraram latas de conserva onde tinham posto
pequenas pedras para ouvirem caso

e a cor do céu a mesma dia e noite

Eu me lembro. Deixei-o para trás, tinha adormecido quando
partimos

POENA DAMNI

    Caminhávamos um atrás do outro. Alguém corria à nossa frente

    Vimos um barril. Por trás, cal até o meio, à força
consegui impedi-los de beber
                                    dos pombos a partir do
pescoço deles e sorviam o sangue

tinham sede
tinham fome, tínhamos caminhado muito

e o brilho e o aroma do fogo do sacrifício
diante do Senhor

Prosseguimos. Adiante. Sigam. Não parem

Continuamos. Subimos mais ainda. O cume mesmo acima de nós.

O zumbido do vento. Dois animais, como que enviados por alguém

Acendam fogo.   Cortem

Desceram também as aves. E nos sentamos ao lado da carne
para que não se aproximassem.

E as aves de rapina desceram sobre as carcaças,
e ele afugentou-as.

Depois fiquei sozinho ali perto. Os outros adormeceram.

que aos meus olhos se assemelhava a um anjo

                pássaro impuro   e me disse:

O que você faz aqui, como conseguiu subir tão alto, aqui ninguém come nem bebe, em lado nenhum você vai encontrar alimento humano. No fim tudo aqui será consumido pelo fogo, as cinzas se elevarão e te levarão consigo.

Por isso dê meia-volta e desça.

E pingava lama das suas asas.

E quando vi o pássaro falar perguntei ao anjo: Senhor, o que é isto?

E o anjo voltou-se e disse ao pássaro:

Você amou tanto esta terra que nenhuma chave, por mais que você escave e encontre, e ainda que haja milhares escondidas sob a lama, nenhuma delas conseguirá abrir a porta para você voltar de onde veio. Mas a estes deixe-os partir, e as armas que você lhes deu tome-as de volta, já sofreram o bastante, já não lhes fazem falta.

Voltei-me e vi que tinham trazido um dos nossos deitado sobre uma porta, e ao passarem vi, direita dentro da fechadura, na mão dele, a chave daquela porta. E acendeu-se uma chama a oeste, e nesse momento a chave ficou vermelha e no mesmo instante o fogo atravessou a carne.

  e eis uma fornalha fumegante e uma chama ardente, que atravessou as carnes.

Escureceu e o fogo abrandou. Vou acordá-los para comermos.

Você dorme de noite. De noite acorda. Nem a sombra de uma árvore, um sinal, algo que se erguesse. Deserto. Areia. Dormem como você. Noite. Cada vez que se levanta espera que amanheça, é noite, dorme acorda é noite. Que dura muitos dias enquanto viaja. Como se você caçasse a luz que se esquiva à mesma velocidade com que você avança. Há dias em que é assim. Depois faz-se dia, por pouco tempo, pouco. Uma linha no horizonte, luz, céu ou areia ou cinzas, mais luz, de onde não sabe, mantendo-se durante cerca de duas horas depois novamente noite. E depois outra vez a mesma coisa, você já não consegue calcular quanto dura nem o dia nem a noite nem a luz. A princípio cada dia mais ou menos o mesmo depois cada vez menos no fim te parece que em cinco minutos amanhece e anoitece. Como se o tempo se apagasse como se nada aqui morresse. O dia é um trem que avança à frente do seu, aguarda um pouco, depois volta a partir à sua frente. Mal se ouve adiante um assobio como que de ar atravessando um cano. E enquanto você dorme não sabe o que se passa, o que poderá ter mudado enquanto dormia. Se são diferentes as coisas agora que acordou, talvez já antes o fossem e não se lembrava. Ou se a paisagem é a mesma, de qualquer modo você mal a vê. Ou poderia não se lembrar, lembrar-se de algo diferente, você dorme, acorda tantas vezes, tão frequentemente, não sabe quando dorme e quando acorda, estar acordado para quê, agora talvez esteja dormindo, se lembrar-se de algo pode muito bem ser durante o sono, acordar num sonho, lembrar-se no sonho, outra memória outras coisas surgem nesse sonho, pode até ter uma vida mesmo sua no sonho, aí você se lembra de quem é do que fez, mesmo que possa não ser quem era quando você volta a acordar você não duvida de quem é no sonho, mesmo quando muda e está continuamente a mudar, não se interroga, é natural que as coisas sejam assim, nada a estranhar, você muda continuamente, o seu corpo, as coisas à sua volta, tudo em todo o lado, você é outra pessoa, é porém o mesmo, ele. É esta continuidade, você viaja, talvez no seu pensamento, um mundo real de papel, Deus que ergue e destrói paisagens e edifícios, demole, abre outras estradas, não lhe agrada, volta a mudar, porém não há brecha, é um só o mundo Dele, e nem você nota brecha nem contradição, apenas continuidade. Uma injeção que você logo esquece, uma membrana que lentamente cai sobre as coisas que você recordava, as coisas mudam, todas elas, muda a memória muda você, uma outra mulher a que procura, não sabe se procurava outra, se você tinha outra esperança, outro objetivo. Amanhã talvez outra coisa apague também isto, o novo véu do mundo, mas você nunca saberá, não pode saber. O que fez, se é realmente aquilo que recorda. Quem te poderá dizer. Ou a sua história antes daqui. Ou se o nome, esse que esconde, se é um nome no final de uma série de nomes.

Porém, se consigo pensar em mim mesmo aqui, certamente que tem de existir também alguma outra coisa lá fora, noutro lugar. E mesmo que esse outro lugar esteja na minha cabeça, mesmo assim isso significa que a minha cabeça não é constituída, digamos, por uma paisagem única, não é apenas uma parte, ou seja, tem aqui e tem ali, fora e dentro, existe de certo modo algo lá dentro que me é exterior. Algo fora de mim. Existe sempre um lugar onde ainda não cheguei, existe sempre um alhures. Mesmo que não saiba onde fica esse alhures e onde fico eu, onde me situo no mapa. O pensamento o disse sozinho. Existe, ainda que dentro de mim, um lugar onde ainda não cheguei, mesmo que tudo seja falso, mesmo que nada exista ao meu redor. E eu estou sempre aqui, fora desse lugar, seja ele onde for. Ali não chegarei nunca, estou sempre aqui, o lugar onde me encontro chama-se sempre aqui, a língua o disse sozinha. E não posso estar noutro lugar, embora também não possa apagar esse lugar do mapa que tenho dentro da cabeça. Estou preso aqui para sempre, não posso ir para parte nenhuma, não posso ver nada lá fora. Estou no mesmo ponto. Sempre. Mesmo que eu avance continuamente, a estrada não leva a lado nenhum, não para nem alguma vez chega a lugar algum. É assim que sei: lá fora há uma estrada que não existe.

Z213: EXIT

Começou com algo como sonolência. Eu via o que se passava mas não conseguia me mexer, nem abrir a boca. Nem pensar em coisas simples, onde, que dia que horas. Não tinha certeza. Numa confusão que não conseguia esclarecer. Tinha muito calor. Queria despir-me. Baixei as calças. Ao meu lado havia alguém deitado, caído, eu queria mijar para cima dele caído como ele estava. Fui e tentei mas não saiu nada.

Talvez tenha sido algo na comida, talvez algo que respiramos. Mas não cheirava a nada. A minha visão começou a se encobrir. A boca totalmente seca. Subitamente o meu coração batia com mais força e mais depressa. A pele a arder e a ficar vermelha. Ardia. Tínhamos uma sede de loucos. E uma fraqueza e braços e pernas que não obedeciam e não se coordenavam.

Duas letras a segunda Z, creio, e depois uns números. Por que é que me lembro disso? Nem sequer me lembro onde os vi inscritos. Talvez fosse o modo como nos dividiam, talvez a ala e quantos a constituíam. Arrastei-me até um canto e observava. E depois, de tempos em tempos um medo que me tomava subitamente não me lembro por quê. Eu via e a princípio não acreditava

E de uma fossa de esgoto ele saiu praguejando e desatou a rir. E depois pegou uma pedra para travesseiro e tombou e dormiu ao meu lado. E crescia da sua cabeça como que um dente. E o sol desceu vermelho e fumegante. E dormimos. E acordamos e um feixe de luz uma escadaria que descia das nuvens até a terra. E tinha como pés apoiados na terra e uma cabeça no céu. E subiam e desciam por ela. E subiam e desciam por ela anjos com os rostos dos nossos. E por trás ele me disse: não tenham medo. E subiam e desciam anjos. Não tenha medo, porque te protegerei durante o caminho

E ele disse, você sobe e desce e quando você está embaixo ardem os seus e as suas memórias e você não os quer largar. Arderão todos até o fim, você sofre, mas ninguém te castiga, apenas libertam a sua alma. Não tenha medo, porque enquanto recear a morte te rasgarão a alma como os demônios. Acalme-se só e verá os anjos que te libertam e depois será livre. E pegou a pedra e derramou sobre ela óleo.

        com certeza, levavam-nos para não os matar à nossa frente. Traziam levavam. A seguir a minha vez. Já fazia dias que entravam e saíam e me olhavam nos olhos. Pânico. Eu dormia fundo e quando acordava não compreendia onde agora estava, arrastava-me em frente e observava, acordava de um lugar para o outro, acordava, acordava, acordava, não me lembrava, lembrava, depois como se nada tivesse acontecido, mas como uma mentira que pouco a pouco se apaga e regressa. Exaustão.

Não escreve bem quase gasta.

Linha que parte e se apaga.

Uma cor, terra não, o horizonte, o céu.

Olha para dentro de uma garrafa vazia.

Uma reta, sem a mínima curva, firme.

Imóvel sobre os círculos das rodas que te trazem.

A noite chegará.

Arbustos, muito esparsos.

Como neve ou sal, não tão branco, mais como areia.

Você para, sai.

Mais ninguém nem à frente nem atrás.

Trem imóvel num buraco no mapa.

O que você recorda não é, esqueça-o agora. O que você escreveu.

Ou outros sinais, ou os excertos dele que você lia.

Nem a Escritura se destaca, muito esparsamente, como os arbustos.

Chame, para ver se alguém te ouvirá.

E se me encontrassem o que me fariam.

Não quero saber, não tenho medo como antes.

Desligado também o motor, não se ouve nada.

Tenho fome começo a sentir frio.

Um jornal por dentro para guardar o calor.

Aperto o dedo sobre a minha barriga, brinco com esse som.

Eu anotava quando durmo quando acordo para distinguir dias meus.

Aqui ninguém dorme nem acorda nem vem de lado nenhum a luz.

Não há como saber quanto dura isto tudo.

Você continua a escrever porque tem ainda esperança, quase.

Algo há de viver.

Exceto você.

Lugar.

Lugar que esvazia, o mundo.

Uma abertura ou lugar ou casa de Deus sobre a terra, uma abertura ou

Porta sem interior sem lados sem entrada.

Enquanto se ergue ainda à sua frente não fale não pense.

É o fim mas você não está pronto, fugirá e voltará novamente.

Volte atrás e suba no trem.

E se cale e escreva apenas o que vê e o que ouve.

Daqui para a frente apenas o que vê e o que ouve.

Sobre você nada mais, sobre você se cale apenas.

Passará a dor, você sairá.

Caia e se prostre mas não pense nada.

Caia de joelhos e se esvazie.

E espere apenas ouvir.

O motor novamente ligado.

A garrafa de sangue e um plano quanto a onde descer como continuarei depois. Levei-a comigo como ele me pediu, meio cheia pouco mais que metade. Num saco preto, para não se ver. Desde ontem coagulou. Antes de me deitar pousei-a ao meu lado acordei e tinha sede e por pouco não bebi, por cima parecia água. Bêbado eu tinha estendido um cobertor que me deram e deitei-me assim como estava. Conversávamos, comíamos e depois eu cantava com eles, à volta do cordeiro, primeiro cortava um depois caíram-lhe todos em cima. Primeiro estenderam os braços e deram as mãos e depois começamos a comer a beber todos no chão. De vez em quando lançávamos um pau para alimentar a fogueira. Enquanto assava a maior parte sentava-se em volta, de vez em quando trocava-se quem segurava o espeto e vinha outro, um grupo esfomeado que festejava. O acampamento sobre os destroços da cidade as crianças trepando o entulho brincando de procurar. Uma roda, vinho, riso, gracejos, histórias antigas, uma história de alguém que encena uma peça tirada do evangelho sobre uma mulher morta que acorda num automóvel, e um louco atormentado que a acompanha para poder dormir. Vai vê-los, junta-se gente, na outra estação, debaixo da ponte. Toma dá-lhe também esta garrafa, da minha parte. Está ali ao lado do buraco onde massacramos. Ele era o mesmo que a tinha enchido com o sangue do cordeiro primeiro tinha deixado correr, depois uma bacia por baixo quando a pressão era menor, por fim o que sobrava no buraco que escurecia e bebia. Abandonada ficou também a pele, ali mesmo, ao lado, chamaram-me para segurar quando esfolavam primeiro com a faca junto ao rabo, depois sobre a gordura, e o braço todo dentro do animal até o cimo desde o cotovelo como se vestisse uma manga, depois novamente um pouco com a faca. E em seguida um corte na barriga até o peito. Depois o braço outra vez até o cotovelo até o separar totalmente, como um casaco que tirasse e pusesse de lado. Depois raspar um pouco o corpo com a faca e enxaguá-lo com a mangueira. E tirou-lhe do interior as vísceras ardendo e deu-lhes para que as preparassem. Gemia muito alto e debatia-se quando o voltaram ao contrário, até que caiu a faca e se acalmou só as patas traseiras estremeceram um pouco. O berro que os excitava enquanto o transportavam em cortejo. Eu mal tinha chegado, mal me tinha sentado a um canto e observava, lançavam-lhe algo para comer e quando se inclinou cortaram-lhe dois três pelos da cabeça — como se tivessem esperado por mim para começar.

Z213: EXIT

de um animal armado que eles seguem, que te procura, de dia você foge, de noite dorme, menos, fugir, fugir sem parar ao saber que ele se aproxima, você se detém um pouco, parte novamente até se cansar, e mais uma vez, outra vez, sempre em fuga, porém sente que ele vem aí, com o passar do tempo aproxima-se, também agora embora a distância aumente, e agora que você se afasta a distância volta a diminuir, você tem sono, de vez em quando a sombra dele cerra seus olhos, você os abre, prossegue ela cerra a sua garganta, você se cansa com mais facilidade, cada vez mais vezes, não tem forças, olha atrás de si e fica à espera dele, retoma a fuga, tem sono, fecha os olhos, o vê à sua frente, prossegue se cansa, detém-se mais um pouco, fecha os olhos os abre o vê novamente, não quer continuar, vai se ajoelhar, o cansaço dói mais, você tem menos medo, sente o golpe, abre a boca, vê a boca dele, não quer mais se erguer.

Z213: EXIT

Inquantum vero sunt animalia, carentia divinae visionis non est eis poena, sed defectus consequens omnem naturam creatam. Quod ergo in his quae sunt supra naturam aliquid damni patiuntur, est ex vitio naturae. Sed gratia et visio divina sunt supra naturam. Et ideo poenae damni subduntur, quia non sunt apti adduci ad visionem divinam propter privationem, quae cum natura eorum est coextensa. Verumtamen poenam concipere non poterunt, quia ad damnum eorum pertinet, quae in primis numquam habuerunt.

[Na medida, porém, em que são animais, a privação da visão divina não é para eles um castigo, mas a falha decorrente de toda a natureza criada. Que sofram algum dano em relação às coisas que estão acima da natureza, tal se deve a um defeito da própria natureza. Mas a graça e a visão divinas estão acima da natureza. Por conseguinte, estão sujeitos ao tormento da perda, inaptos que são a deixar-se conduzir à visão divina, devido à privação consubstancial à sua natureza. Seja como for, não poderão compreender esse mesmo tormento, sendo ele relativo à perda de algo que jamais esteve na sua posse.]*

---

* [N.T.] Original em latim de Dimitris Lyacos. Tradução minha.

POENA DAMNI #2

COM AS PESSOAS DA PONTE

Para o Vassilis

COM AS PESSOAS DA PONTE

Já tinha anoitecido quando atravessei a estação e saí para a estrada. Chovia ainda, pouco. Encontraria-os numa das arcadas debaixo da ponte, como me foi dito. Veria luz. Cheguei lá fora, esperei. Esperamos. Abriram para nós. Entramos. Deram-nos uma folha. Lá dentro via até certo ponto, depois escuridão. Sentei-me no chão, entre os restantes, cerca de dez, alguns deles com cães. À esquerda, parede desabada. Mais dois ali. Três. Ao alto e em frente azul, à direita luz verde e lâmpadas brancas penduradas do teto cinco ou seis mesmo por cima de nós todas acesas menos uma. A um dos lados as mulheres. Três à volta de um barril cortado, outra trazia jornais. Rasgaram alguns e atiraram-nos lá para dentro. Fogo. Apagou-se. Novamente. Quando se aproximaram por instantes da parede de trás quase não as via, por causa da roupa ou da luz. Abriam e fechavam os olhos continuamente, como espasmos que chegavam à boca — exceto aquela à esquerda que parecia mais jovem. Agora um homem que passa à frente delas em tronco nu com um tijolo partido ou pedra? na mão, e que vem na nossa direção. Uma cicatriz que parece uma palavra descendo do pescoço ao peito. Senta-se, pega dois pedaços de madeira, prega-os, faz uma cruz. Crava-a na lama. Ao seu lado uma garrafa e um copo. Mais atrás uma carroçaria de automóvel meio enterrada, sem porta da frente. Sobre o capô um toca-fitas e uma televisão, o para-brisas tapado com uma chapa. Uma mulher sai do automóvel. Antes nem sequer se via, parecia que estava vazio. Como que uma máscara de terra do *nariz para baixo, a boca mal se vê. Volta a entrar, arrasta uma prancha de madeira quadrangular. A porta não fecha completamente, embora ela tente. Ao redor sucata motores empilhados e aí a cabeça de uma gaivota. E mais um homem caminhando pelo meio, vindo também na nossa direção. Envelhecido, suéter rasgado, um livro na mão com folhas lá dentro. Na folha que me deram quatro nomes: Narrador — o que segura o livro. Como uma Bíblia. Liga e desliga o toca-fitas. Zumbido. Vai ajudar as mulheres, mais jornais. Coro — as mulheres. LG — um pouco mais atrás, continuava a servir-se do martelo. NCTV — a mulher dentro do automóvel. LG, NCTV. Eram estes os nomes. Título: NCTV. Lembro-me de que o nome da estação era parecido. Nyktovo. Não. Nyktivo. Nichtovo. Não. Outro zumbido, mais alto, ininterrupto desde que entrei. Toca-fitas. Narrador. Liga e desliga, vai-se embora, volta, abre a Bíblia, arranca-lhe páginas e cola-as na parede à direita, uma ao lado de outra. Depois aguarda. Aguarda. Quase de costas voltadas. De um lado e de outro cruzes desenhadas com spray no cimento. Aproxima-se para ler. <u>Narrador</u>. Por cima as luzes se apagam.*

COM AS PESSOAS DA PONTE

Sempre de noite e de dia
ele andava pelos túmulos
e pelos montes gritando
e ferindo-se com pedras.
Ao ver Jesus ao
longe veio a correr
e prostrou-se diante dele,
e gritou
tu que queres de mim, Jesus
filho de Deus altíssimo?
conjuro-te por Deus,
não me atormentes.
Isto porque lhe dizia; sai
desse homem espírito
impuro. E perguntou-lhe
como te chamas? respondeu
o meu nome é legião
porque somos muitos.

Volta e acena às <u>mulheres</u> para que comecem. Começam todas juntas.

Há algum tempo que você não sai daqui.
Aqui fica sentado e
espera. Às vezes é como se se ouvisse
ou assim você julga. Pareceu-te,

quando você saiu e foi
até a porta.
Nada. Mas você vive com isso.
Todos os dias a mesma coisa

Param, olham-se entre si e ao redor.

                                                         às vezes mais alto.
                        parecem vozes, ou algo semelhante.
Dentro de ti.

Isso. Mas depois chega o dia
em que saem
você espera por eles em casa.
O mesmo dia todas as vezes.
Às vezes de manhã quando
você acorda é como se fossem uma cola
de que você tenta se descolar.
Quer ficar um pouco mais
não quer se levantar. Vira-se espreita
para a direita para a esquerda para ver se chegaram. Não.
Não vieram. Levante-se, ainda assim,
                                        é hoje.
Hoje. Levante-se.
Passou mais um ano e estaremos

De repente param, alguns segundos, outra vez, quem é este?

    novamente juntos.
    Mais umas horas. Depois vamos dormir,
    acordar
    esperar. Dormir.
    Acordar. Esperar.

Todas juntas. <u>Narrador</u>, limpa as mãos no suéter, acena-lhes, param, senão continuariam. Lê.

    considerando-o capaz
    até de ressuscitá-los

Sorri? Como se tivesse sorrido. <u>LG</u>, com a cruz, também ele com folhas, lendo no mesmo ponto. Depois inclina-se apoiando-se no cotovelo, enquanto lê deita-se de lado.

                    tijolos.
              você lhes dá outro pontapé mas
        se machuca e para.

Espera um pouco, até que passe.
Enfia o braço todo. Abre.
Não foi difícil. Isso. Depois
o pensamento para por momentos
para

Detém-se, interroga-se.

              lembro-me
da última vez. Depois fui-me embora.
Passado algum tempo pareceu-me ouvir algo.
Depois Ele.
De vez em quando vinha,
  subitamente atrás de mim. Vai, dizia-me
Ela está ali. À sua espera.
Voltei a cabeça.
Nada. Depois outra vez. Depois
de vez em quando, muitas vezes não parava
mesmo.
Eu não acreditava. Depois recomeçava.
Como um alfinete dentro do ouvido
Aqui.

Com um nó na garganta.

COM AS PESSOAS DA PONTE

                e passos
depois nada. Estou suando. Limpo-me
Estas mãos não são minhas, não sinto
que

Para, pensa naquilo. Recomeça de repente, como que com pressa.

Pus a cabeça lá dentro, para ver.
Dói. Espere um pouco, até passar.
Às vezes você a ouve claramente, agora
sobrepõem-se as outras.
Uma sobre a outra.
A ouve.
Como uma súbita onda dentro de você.
Agora estou aqui em cima
sei que ela está lá embaixo à minha espera
A ouço. Quer sair.
Uma caixa dentro da qual algo se mexe,
a abre. Ossos, terra. A fecha.
A abre. A mesma coisa. Vai-se embora e
volta. Mas porquê.

Fui-me embora voltei. Gaivotas.
Não me deixavam em paz.
Encontrei um pano com que cobri

os pés porque
vinham em voo picado
e mordiam-me. Levantei-me outra vez
para ir embora. Avançava o mais que conseguia.
Alguém tossia
atrás de mim, parava recomeçava,
mas não me voltei para ver.
Por fim parou.

Ele levanta-se para ir embora, o Narrador acena-lhe, ele volta a sentar-se, continua.

                    tinha encontrado um cobertor
com que me agasalhar. Dormia ao ar livre.
Depois vim e fiquei aqui.
Aqui é um pouco melhor.
Pode ser que me deixem.

Até agora cada vez que acordo
cada vez

uma toalha sobre o meu rosto.
Sobre a qual jogavam água.
Eu sufocava. Tiravam-na.
Depois eu respirava uns instantes.

Depois outra vez. Depois iam-se embora,
vinham os outros.

Noite. Grande sombra com um olho
observando-me por detrás.
Sombras. E outras ainda. Menores e mais escuras.
Escavavam. Paravam. Voltavam a escavar
Um pouco mais além

Segurando a cruz.

pregavam por cima e depois
os punham lá embaixo. Alguém gritou.
Talvez viessem para cá.

O outro acena-lhe para que pare, para por um instante e depois continua.

Dói-me mas mantenho a boca fechada não
vão eles me ouvir.
Não o deixe sair. Depois foram embora e dormi
um pouco. Silêncio. A ouço lá dentro. Quer
sair. Depois novamente
silêncio.

POENA DAMNI

Narrador, vai ter com ele e o interrompe. Trem, como um coração pulsando pela ponte, esperamos, já passou, agora <u>as mulheres</u>, por turnos ou quase.

Tinha subido um cão
estava à porta.
Arranha quer entrar
alguma luz pela janela
mas ainda é cedo.   A rua
ainda deserta. Vamos tratar dos preparativos lá dentro.
Lume.
Gostam. Mas não dirão nada.
À mesa como costumam
sentar-se. Comerão debruçados
sobre o prato, em silêncio.
O ano passado ele segurava uma pedra
umas folhas   estava sempre
limpando os lábios   tinha alguma
coisa nos lábios
o que diz ele

Água. Trigo. E uns bagos de romã.
Não conseguem sentar-se como deve ser
                             têm o corpo rígido
que não relaxa. Axilas fechadas.

COM AS PESSOAS DA PONTE

Impossível te abraçarem.
Olhos postos no chão. Depois se levantarão e irão
ali para o canto onde ficarão alguns instantes
e depois lá fora no jardim e ficarão de pé
no mesmo ponto.
Se sentarão imóveis, por instantes é como
se quisessem dizer algo,
como se algo lhes tivesse subido à garganta,
mas nada.

Já cozinhou. Toalha de mesa.
Estendo-a eu.
Farinha. Chega. Misturar. Mais um pouco.
Trigo. Açúcar. Ótimo. E um pouco de vinho.
Acenda   acenda
Traga cadeiras. Eles vão se sentar
onde costumavam

Um cão ladra. Alguém entra, senta-se ao meu lado. Continuamos, LG, agora deitado, barriga para baixo. Levanta-se põe a mão dentro das calças, volta a sentar-se. Descalça um sapato.

depois eu voltava a ouvir passos e
como que alguém a mastigar.
Todos os dias a mesma coisa.

E a dor como um relógio
audível sempre que se presta atenção.
Quebre-o e jogue-o fora.
O sol se cobre.
Mais perto de um olho que do outro.
Você consegue ouvi-los lá em cima. Foram embora outra vez.
Silêncio.
Depois novamente chuva, o cobertor
não chega a secar. Depois saí
porque tinha fome e
fui procurar o que comer.
Quando voltei tinham posto outra vez os tijolos
e voltado a tapar.

Para, recomeça.

                bata com mais força e desprenda os tijolos.
Depois de entrar volte a pôr eles no lugar.
Ponha também o cobertor por cima. Um pouco rasgado
para entrar luz.
Sentei-me ao seu lado
sabia que você estava ali. Passou tempo.
Como se te visse. Boca semiaberta
os olhos como antes, no fim

Passou tempo.

Voltei a sair e trouxe água.
Um gole. Faz-me bem
à barriga, alivia-me
e posso deitar-me por um tempo.
No sono novamente a sua voz, bem alto.
Eu não era capaz. Levantei-me
e comecei a bater na tampa até partir.
Tirei-a. Puxei-a
e voltei-a de barriga para cima.
Levantei-a. Voltou a cair. Outra vez.
Passou tempo.
Por fim tirei-a de lá. Deixei-a deitada e
fui ver o cobertor, não o tivesse levado
o vento. Voltei e deitei-me
ao lado dela. Sentia-me cansado.
Luz bastante. Um verme branco comprido.
Um dedo que escavava sozinho.
Deixe uma parte para mim. No fim algo ficará.
Um dente da boca dela,
algo para mim
um dente

                                        partido

Pega o copo e bebe, larga as folhas, agora recita de cor. Desde ontem que me dói a cabeça, ontem não bebi água nenhuma, nem sequer comi. Quando acabar. <u>LG</u>, outra vez.

> Pelos agarrados à pele dela.
> Tinha suado muito.
> Ao meu lado este cheiro e
> não conseguia adormecer.
> Depois dormi um pouco. Quando acordei
> estava abraçado a ela.
> Depois voltei a procurá-la no sono
> como antes. Uma mão
> que me puxava do interior. Sem eu saber como.

Para e recomeça, mais alto, de pé, nervoso, para cima para baixo, atrás de mim algo como um riso, mas não era.

> Tinha-me entrado terra nos olhos
> ardiam-me.
> Depois adormeci e voltei a acordar
> por causa dos cães que tinham chegado e
> ladravam lá de cima
> Berrei-lhes.
> Assustaram-se e fugiram e
> voltei a adormecer.

Narrador, interrompe-o dá-lhe outra folha dita-lhe: Deitados então... <u>LG</u> prossegue.

Então. De barriga para cima. Alinhados.
Um ao lado do outro.
Fecham-nos bem para não saírem.
Ou nem por isso. Espreito para ver
se ouço alguém
Ninguém.
O que ouço não está relacionado com isso.
Aí está outra vez. O ouvi.
Não, não é. Agora são eles lá em cima.
Alguém gritou a outra pessoa que
saísse dali. É sempre assim.

Se me encontrarem levam-me e
não me deixarão voltar para cá. Levarão a mim
para me prender. A parede toda gavetas.
Em breve vão abrir.
Fui puxar uma.
E depois outra.
Uma debaixo da outra e ao lado
e debaixo. Fecho os olhos. Você. Vagamente.
Depois eu estava outra vez lá em cima
e voltei a abrir o buraco

como Ele me indicara, tinha-me dito que não parasse.
Não sei bem quando é que isto aconteceu.
Abra. Aqui. Aqui precisamente.
Ela está à sua espera.
Escave e   encontrarás uma porta
por baixo. E disse-me
entre está lá dentro.
Uma árvore que crescia para baixo.
Lá fora os outros tinham acendido uma fogueira.
Esta noite vieram, estão quase por cima de nós.
Eu os vi e ficava sentado quieto lá dentro.

Nós. Neste quarto.
Eles ao lado e os outros por cima.
Nós no meio.
Mas você não pode ficar aqui por muito tempo
e não tem outro lugar para onde ir.
Cheira a fumaça.
Vão começar a tirá-los outra vez.
Por fim chegarão
a nós

vão nos separar

COM AS PESSOAS DA PONTE

Ele caminha na nossa direção, enchem-lhe o copo, regressa senta-se e bebe. Vem nos dar de beber, também bebi. Agora <u>as mulheres</u>.

> Tome um pedaço de lenha e atire. Vou lá embaixo
> buscar mais para secar.
> Custam a acender por causa da chuva.
> Voltou a apagar.
> Espere. Daqui a pouco chegarão.
> Vão almoçar
> conosco. Depois, a luz da tarde
> se debruçará por um bocado
> sobre a janela.
> Quando anoitecer vão-se embora,
> e levarão consigo algo,
> não se sabe precisamente o quê
> mas você dará pela falta de alguma coisa.
> Um toco de lenha começa a arder e volta a apagar.
> Juntos. Quando cai a luz as paredes se erguem.
> Um buraco como que aberto pelo fogo.
> Traga dois tocos.
> Desça ao jardim.
> Dois tocos.
> Por baixo uma aranha à espera
> de apanhar alguma coisa. Apanha.
> Apanhou.

Vai sorvê-la
desde o interior. Envolveu-a e deixou-a
agitar-se um pouco e vai embora
                        até onde
onde soube
Você percebeu. Escureceu por
instantes. A chuva engrossou e depois
parou totalmente. Você não vê,
depois volta a ver.
A mesma luz outra vez. A porta
abriu fecha fechou e
abriu vieram e
sobem as escadas

Trêmulas as luzes por instantes, acendem alguns segundos, depois estremecem e apagam. Sossego. Zumbido. Silêncio. Na escuridão, como se nos tivessem esquecido, novamente o zumbido, voltam a acender. <u>*Narrador*</u> *com a Bíblia.*

pois ele disse; no tempo favorável
te ouvi e no dia de
salvação te ajudei
é este o tempo favorável
é este o dia da salvação —

Coro. Queimam jornais. O Narrador vai ligar a televisão. Zumbido parasita, uma sombra na tela regressa volta a se perder. Mulher, voz. No princípio só palavras é difícil depois melhora um pouco depois também a imagem um pouco mais estável. <u>NCTV</u>. Como se a tela se dividisse em duas.

        de barriga para baixo.
Eu não conseguia.
Peso sobre as costas.
Não conseguia.
Queria voltar-me.
Pedra? Sobre as costas.
Não conseguia me levantar.
Depois ele quebrou e abriu.
Porta. Entrou ar.
Pegou em mim. Eu tremia.
Eu não conseguia
os braços.
Ele não conseguia me levantar.
O peso. Demasiado peso. Eu.
Tinham se esquecido de mim.

        de barriga para baixo.

Torpor. Puxou-me
pelo ombro e voltou-me
de lado. Depois barriga para cima. Pernas
atadas, braços
atados dobrados sobre o peito.
Atados.
Ele tenta cortar.
Lençol.
Colado à boca.
Frio. A corda.
Dói-me. As pernas

O rosto na televisão com clareza, com bastante clareza, de vez em quando abre a boca mas não se ouve nada. Olho direito fechado, aumenta até ficar no centro da tela.

Até que consegui levantar-me. Vertigem.
Não conseguia fechar a boca.
Aberta. Não conseguia.
Estava congelada. Havia lá dentro
algo que ele tirou. Que tinha secado
e doía.
Ele sacudiu-me o pó.
Onde eu estava. Com quem.
Fui-me embora ou

deixaram-me ir. Fui-me embora.
Levantei-me. Vejo
         Está por cima de mim.
Tenho frio. Tomou-me nos braços
e me tirou dali.
Ar

        um buraco no peito que

assobiava. Espera. Aos poucos desincha.

Aqui dessintoniza por completo, de repente melhora mas nem sempre com clareza. A tela fica verde.

Ergui ligeiramente o braço. Aos poucos

        eu tateava —

na boca lama e muita
saliva. Cuspi.

        Mais fundo

um pedaço do lençol
nos dentes. Um trapo embrenhado
na garganta.
Ele o puxou para fora
depois a língua dele sobre o meu olho.
A seguir o outro.
Senta-se ao meu lado
e espera que
eu me levante
                ouve-se algo lá fora
quero me levantar
agarro-me à mão dele

LG. Põe-se à frente da televisão e olha-a. Na tela o rosto dela. Volta-se. Ficou tonto. Senta-se, costas contra a roda. Fecha os olhos, alguns segundos, volta a abri-los, volta a ler as suas folhas. <u>As suas vozes se alternando</u>, e por instantes uma sobre outra.

Ela estava de barriga para baixo, lá dentro. Por que

Agora consigo me lembrar. Sempre o mesmo

Metade do corpo, a luz na barriga dela

Na mesma cama. No mesmo quarto

Não tem unhas. Uma mão. Na outra

Ajudou-me a virar-me. Limpou-me

Sim. Pele nova na outra.

Cobriu-me

Palmas das mãos úmidas. Segurou-me pelo ombro

Pelo pescoço e conseguiu me levantar

Ela não se aguenta direita. Deitei-me e esperei

Deite-se ao meu lado

Vou me deitar

É por aqui

Aqui. A cama. Em frente à janela

LG, continua sozinho, deitou-se.

Estamos em casa. Como costumava
ser. A mesma luz da janela.
Juntos em silêncio.
Depois ela disse alguma coisa e
voltou a adormecer. Que a tinham deixado
em paz por um pouco
mas que acabariam por voltar.
Juntos no escuro em silêncio. E o cão
como se estivesse deitado debaixo da mesa.

Não, não está.

Sinto braços que me envolvem
volto-me para te ver
os seus dedos nas minhas costelas

apertam   a sua boca treme

quente o seu corpo.   os seus olhos

não sei o que veem.
Um pequeno buraco nos lábios. Tremem
e abrem   formigas

COM AS PESSOAS DA PONTE

Formigas. Hesita um pouco, limpa-se, continua.

    e saliva, suor
    alguma coisa bate querendo sair, um   ,
    ou é
                        gaze na mão
    acalmou
          e então

inclino-me, sobre o chão até

Escorrem-te ainda algumas gotas das axilas,
pingam, secam e se colam à sua pele,
coagularam, você volta a cair.

E depois ela segurou-me outra vez.
Algo no fundo da minha garganta.
Que se fecha. Não consigo respirar.
Ouço o meu coração. Olho
para entre as suas pernas. Um inchaço
e um rangido. Um rato. Outro.
Ratos bebês.

E novamente, por instantes, como se não tivesse passado
sequer um dia. Você levanta-se

e abraça-me
Depois é como se fosse apenas
a sua voz. Agarrei-te,
               por um instante no escuro. Lua
as gaivotas que desceram do céu

Ela já não ouve. Voltou a adormecer.
Eu não tinha nada
para a cobrir
Frio. Estava gelada. Como se ela tivesse estado aqui e
depois se fosse. Escuridão mas algo surge
à janela.
Levante-se e acenda uma lareira.

Vira a página, para. Faz frio. <u>Televisão</u> outra vez. <u>NCTV</u>.

Sono frio
um sonho que
não te deixa dormir bem
Depois começou a me doer.
Agora não, talvez um pouquinho.
Como se eu sufocasse e ele me puxasse.
Um arame enroscado às mãos,
   um pedaço de madeira que pressiona o peito.

Depois voltei a acordar.
Ele acende uma lareira.

Lá fora vento forte. Tela morta, som que vem e vai em ondas. Incline-se para ouvir, tome nota do que conseguir, para já isso, mais tarde você voltará a lê-lo.

Não foi capaz. Ele voltou-se e sentou-se ao meu lado na cama. Procura a minha mão. Deitou-se e abraçou-me. Parece que os outros perceberam. Reuniram-se e nos olham da janela. A boca no peito dele. Queriam estar junto de nós. E também outros. Forçaram a janela mas não conseguiram entrar. Queriam estar conosco. E ainda outros à porta e a porta tremendo. Depois alguém disse: abra. Depois disseram algo em coro. Agarrando-se à porta, subiram. Estavam sentados em cima da porta mas não conseguiam entrar. Não abra. Depois nada, como se tivessem desistido, depois outra vez. Se pudessem chorariam. Depois novamente: abra. Não abra. Levantei-me e sentei-me na cama. Uma corda que vinha de cima e descia até o colchão. Senti sede. Dê-me de beber. Deite-se sobre mim. Se você beber ficará mais suave. Ficaremos aqui tanto tempo quanto conseguirmos. Uma mão está um pouco melhor, mais suave que a outra. Escurecida e suave como um fígado. Venha para perto de mim. Ponha as pernas assim. Buraco. Está quente o corpo dele. A minha mão na mão dele. Uma mão que te puxou para fora até te trazer para dentro. Na minha mão. Debaixo do peito dele. Você abre a boca e bebe, tinha tanta sede. Volta a deitar-se ao lado dele, que novamente te abraça.

Como se ela falasse durante o sono. Uma sugestão, em seguida pausa, como uma picareta que se ergue para voltar a cair em seguida. As mulheres não param de queimar jornais, alguns não acendem, fumaça, trazem mais, amplia-se o rosto dela na tela olha em direção a

        foca por momentos o nariz dela. Uma narina. Só uma narina. Depois a mão. Limpa-se. Continua.

    volta a ter sede. Muita. De repente.
    Volta a beber. A terra te deu sede.
        muita
    algum san

Televisão, voz, clara. Como se tivesse alguma pressa.

    Passou tempo. Estou sentada, ao lado dele.
    Ouça como respira.
    Língua branca, boca aberta
    A ferida ainda não secou

bem. A lambi. Agora a cabeça.
Conto cabelo a cabelo. Depois ele acordou
segura a minha cabeça, beija-me, e ainda outra vez.
Conto. Fecho os olhos.
Abro-os. A mesma coisa, uma e outra vez.
Do início, outra vez o mesmo.
Depois outra vez aqui.
Tudo outra vez o mesmo como antes
você não sabe quantas vezes.

Passou tempo.
Estamos fora de casa, à porta.
Estava aberta.
Subimos e nos sentamos junto deles.
Tinham envelhecido muito.
Esperavam à volta da lareira e quando
entramos levantaram-se
Sentei-me ao lado dele. Levantaram-se
E entraram todas
menos uma.
Ela tinha posto as mãos sobre os ombros dele
e chorava. Chorava
Sem parar.
Não conseguia fechar a boca.
A saliva pingava sobre ele.

Cheiro intenso de óleo de motor e pneus e fumaça. Coro. Um toco de madeira embrulhado num pano, encharcam-no e lançam-no também para o barril. Rasgaram ainda dois ou três livros. Chamas. Todas juntas, o <u>Coro</u>.

Há quanto tempo você está aí dentro. Quando foi a última
vez que saiu. Tudo o que te restou se encontra aqui.
Você não quer sair, apenas recorda
e espera, sentado ouve a chuva cair.
Remexe as cinzas.
Um galho meio queimado que aponta para cima.
Você sentado. Espera.
Seja paciente. Ouça. Ouviu?
Vieram. Vão se sentar lado a lado.
Você vai lhes dar de beber.
Este ano vieram de mais longe.
Sentemo-nos todos juntos.
Levante-se e espreite à janela.
Olhe lá para fora
eles vêm aí, olhe para a estrada,
já são bastantes
ali embaixo, olhe mais atrás,
vê quantos são?
Ao fundo a estrada está cheia. Espere um pouco.
Não os vê a caminho?

Como uma onda que engrossa ao se aproximar.
Repleta. Olhe para cá, para cá.
Um grande rebanho dividindo-se para a esquerda para
a direita.
Cada um chega à sua própria porta
e a reconhece.
Eles ainda têm algo em mente.
Você queria ir ter com eles.
Mas eles chegam primeiro, são eles quem te encontram.
Deixe a porta aberta para entrarem.
Ouça. Ele está subindo a escada.
Não se levante. Está subindo.
Subiu. Chegou.
Vieram juntos.

Narrador. Foi ao carro e procura algo no toca-fitas. Duas mulheres do Coro aproximam-se e espreitam pela janela, imóveis durante bastante tempo, uma segurando a mão da outra. <u>Televisão</u>, imagem clara como antes, recomeça, <u>NCTV</u>.

Começou assim. Era Ele.
Era a primeira vez que eu o via. Disse a nós
que saíssemos, não tenham medo disse Ele
no final virei
e os levarei comigo.

Lembro-me Dele,
impelia-nos a sair cada um pela
sua porta. Folha murcha
murcha na multidão.
Impele-te um vento fortíssimo.
Depois junto a ti neste quarto
juntos como antes, depois aqui,
junto deles. Voltaremos a partir.

Lembrei-me das escadas quando
entrei. Lembrava-me
de quando aqui tinha regressado,
dali até agora
um vazio. Agora você se senta ao meu lado.
Depois me esqueço também disso
até que sinto a sua mão.
Sento-me ao seu lado e espero.
Em breve partiremos. Voltaremos atrás.
Não vejo bem.
Estendo o braço eu queria
falar mas não consigo
as outras regressaram
e agora sentam-se à nossa volta
todas juntas e nos olham.
Como se receassem

aproximar-se de nós.
Queriam te dar de beber

        quente   negro

aproximo-me

vermelho não, negro
e seca imediatamente.
Nem chega a conseguir beber.
Não consegue temos que nos levantar
você segura a minha mão e
descemos.

<u>Narrador</u>. Prestes a começar a ler. Umidade. Sentei-me sobre os joelhos. Preciso de algo para pôr por baixo. Levantei-me, dois jornais de onde as mulheres os tiravam. Voltei a me sentar.

Sábado. Hoje são mais, dois à frente, os outros todos juntos e dois no fim que tinham parado e ficaram para trás. Um indicou ao outro onde era. Subiram e esperaram um pouco. Sossego. Ontem alguém tinha aberto um buraco e depois o cobriu com um cobertor que tinha ido buscar lá dentro. Tiraram-no, afastaram os tijolos e alargaram um pouco a abertura. Desceram. O da frente apontou com a lanterna: já não havia tampa e ela estava aqui fora deitada de lado. O outro se pôs a escavar terra que jogava junto à parede, sobre esse monte a fariam subir quando estivessem prontos. Com a pá. Escavaram. Ficou presa à lama. Primeiro acabar isso, depois pôr ela lá dentro e a fazer subir. Pé de cabra. Para cima e para baixo, um pouco mais além. Depois com as mãos, de joelhos. Não se levantava. Imóvel. Ele deu-lhe um pontapé. Tirou o lenço do rosto e limpou-se. Voltou a pô-lo. Escavou um pouco com o pé e depois com as mãos. De uma assentada conseguiram levantá-lo. Depois o deixaram cair outra vez. Puseram-na lá dentro, de barriga para baixo. Havia outro corpo lá dentro. Largaram-na em cima desse corpo. Fecharam com a tampa, pressionaram um pouco para fechar.

Sábado de manhã. Lá fora os outros traziam lenha, ramos, o que encontrassem. Chuva a noite toda. Agora menos. Lançaram para o monte um pedaço de pneu e um livro. Chuva novamente. Derramaram algo com uma garrafa e jogaram-lhe um fósforo. Chamas, depois apenas fumaça. Molharam um pano e o atiraram. Pouco a pouco pegou. Depois um saco, tiraram os sapatos e a roupa dela e atiraram uma peça de cada vez esperando um pouco, primeiro a roupa, sapato, sapato. Quase se apagou. Molharam outro pano. E outro saco, e mais livros. Rasgavam, rasgavam, atiravam ao monte. E depois o da pá chamou os outros para o ajudarem a levantá-la. Levantaram. Por causa do fedor não quiseram abrir logo. Afastaram-se. A chama estava forte e ganhava cada vez mais vigor. Era hoje. Era hoje o dia em que eles viriam. Tinham destrancado as portas e os aguardavam. Que era aquilo que os acordava?

E os vindouros
procuram claramente uma pátria
e se guardassem memória daquela,
de onde vieram,
poderiam ainda regressar
e nela permanecer
mas agora anseiam por outra melhor,
por uma pátria celeste
e por isso Deus não se envergonha
de que lhe chamem o seu Deus
pois para eles preparou uma cidade.

As luzes tremem e apagam. No escuro. O zumbido parou. Ainda nada. Depois passos, ainda escuridão, silêncio. Vão e vêm. Zumbido. As luzes acendem, hesitam, acendem. LG no carro. Puxa a chapa, fecha-se. Lá fora as mulheres que, em voz baixa, murmurando, quase não se ouvem. <u>Coro</u>.

>Cabeças curvadas sobre o prato deles
>quase totalmente caídas. Que comam.
>E algum vinho. Ele apanha o copo
>>que entornou
>entornou-se sobre a mão dela. Deixe-os
>descer ao jardim, por vezes eu julgava
>vê-los debaixo do loureiro,
>um pouco mais além.
>Duas sombras. Uma. Duas sombras.
>Em seguida imóveis, por instantes.
>Depois se sentam. Depois novamente imóveis.
>Depois ela estende o braço.
>Como quem se lembra de algo a fazer.
>Como se tentassem compreender algo.
>E depois este ruído, como sempre.
>E de repente como se alguém
>lhes tivesse dito para se levantarem,
>como se os acordasse outra vez.
>Mas eles querem ficar mais um pouco.
>Deitaram-se.
>Ela tombando sobre o peito dele.

Não têm muito tempo.
Em breve terão de partir.

Narrador, som de fundo, como de quem bate em alguma coisa, mais depressa, sobrepõem-se vozes afogadas que vão ganhando força. Gesto. Ele sobe o volume. LG.

Voltamos.
Eles estavam outra vez à minha volta.
Falavam todos ao mesmo tempo
eu não conseguia entender.
Depois um de cada vez. Continuava sem entender.
Depois outra vez em simultâneo muito depressa.
Estendiam
os braços e me procuravam.
Eu não sabia onde você estava
desci lá abaixo
        por um corredor
degraus. Tateava
a parede
    como se fosse um rosto. Sentei-me num ponto
pus o cobertor, me cobri,
cabeça também

Escondia-me e esperava por ti.

Veio outra vez Ele.
Falei-lhe.
Não me atormentes. Pedi-lhe que me ajudasse por favor.
Disse que voltará a vir ter conosco.
Disse aos outros que saíssem.
Eles gritavam-Lhe para que os deixasse
entrar noutro lugar, onde pudessem,
e a minha cabeça zunia.
Antes de sair me disse
vá embora volte para sua casa
para junto dos seus. Não tenho disse eu
sinto frio

tenho sono

                         silêncio
desci um pouco mais
aqui,
         não consigo ver no escuro
a mão à frente, outro degrau
acaba, não se pode prosseguir
e depois luz ao topo, eu vi.

COM AS PESSOAS DA PONTE

Lá embaixo. Descendo para a direita.
Agora devagar.

ouço a chuva lá fora, aqui está
melhor
          como se quebrasse

                              outra vez
as gaivotas. Enfiaram a cabeça delas dentro

mais um degrau. Entra água.
Sento-me.
Depois te encontrei outra vez. Sentei-me ao seu lado.
E eles saíram e
foram e entraram noutro lugar.
Eu já não conseguia ouvi-los,
agora só nós dois.
Abracei-te.

Desliga o toca-fitas, no carro uma luz vermelha acende. <u>Narrador</u>. Aproxima-se e lê, muito perto, quase em cima de nós. Tirou o suéter e o vestiu do avesso. Do barril, incenso.

Havia uma divisão e ao lado outra, e outra ao lado desta, e outra ainda, uma cidade, mas não havia estradas não havia passagens um lugar não levava ao outro, uma colmeia que escavavam e abriam e fechavam por cima. Armazém, e as caixas que lá descarregavam. Bocas que abriam e recebiam alimento por uma abertura ao topo, fechavam, esperavam que mastigassem, abriam, voltavam a dar, abriam fechavam mastigavam abriam. Sempre de cima. Uma cidade onde não se podia ir a lado nenhum. Um caía em cima do outro e depois iam buscar outros ainda. Depois esperavam que esvaziasse. Mas eis que chegava a hora e alguns dos que estavam embaixo acordavam e procuravam aberturas para sair e alguém os ouvia, alguma pessoa ou algum cão e vinha e escavava e entrava e abria-lhes e saíam, e tinham saído bastantes dizia alguém e se lhes deixarmos sairão todos, sairão, e virão e nos levarão para lá não sobrará ninguém. E procuravam descobrir à noite ninguém dormia alguém a viu quando ela veio buscá-lo, levou-o com ela, levará outros também rápido temos de ir. De manhã que se juntassem para ver se ela ainda lá estava. Que uns escavassem enquanto outros ficavam de guarda. Mas é como, é como escavar o mar e quanto mais você escava mais eles se atormentam.

Tanto que tinha chovido tudo era lama. Os primeiros a serem levados estavam tal como os tinham deixado dias antes. Mas mornos se você os tocava, como ovos quentes na palma da mão, você sentia que algo no seu interior se movia mas não demasiado.

<u>Toca-fitas</u> com burburinho, <u>LG</u>, voz por vezes interrompida. Uma parte completei por mim. Provisoriamente. A rever.

Ouvi o meu nome. Você tinha ido embora mas
estava aqui. Novamente. Chamaram-me. Da
porta. Quem é perguntei. Disseram-me
ande vamos todos juntos. Voltei-me
e te olhei. Deitada o seu rosto sobre
o meu peito. Eles vários metros
à minha frente embora não os visse
bem. Avancei mais para ver. Não era
um sonho. Os meus pés como se em água. Queria descer
mais fundo para compreender quem eram,

                                        entrei.
Não via rostos. Às minhas perguntas só
respondiam que eu devia ir com eles.

Ponho a mão no peito

como se o mordesse e o dedo entra.
Sem dor. O cão. Enquanto avançávamos
escurecia, ao longe já se via
a ponte. Falavam sobre mim perguntei
o que era, não fale, disseram,
porque Ele está em toda a parte e pode
te ouvir. Eu queria voltar,
mas você tinha vindo comigo
e caminhava ao meu lado. Eu queria estar
contigo. Você deu-me a mão e
puxou-me um pouco.
Eles se voltaram e nos olharam

Aqui não se ouve quase nada. Algo se passa no automóvel, puxam e empurram-se, Narrador, aumenta o volume. <u>NCTV</u> bate à janela, berra, cola o rosto ao vidro. Toca-fitas, ruído, silêncio, depois continua.

Eis que Ele passava
e vinha rumo a nós
da ponte com as pessoas
atrás d'Ele, todos juntos.
Seguiam-no,
Nós aguardávamos de frente para eles.

COM AS PESSOAS DA PONTE

Subitamente um golpe, a cabeça dela no vidro. Como se a empurrasse de trás, rosto esfregando-se para cima e para baixo, como se tentasse atravessar, esfregando-se no vidro, dentes mordendo os lábios. Ao lado, na tela, a mesma coisa. De uma boca duas vozes.

        Ele voltou-se de costas. Abre a boca.
Ele queria dizer alguma coisa.
Voltou a cair. Ergueu a cabeça.
Vê que estou junto dele
e depois cai, por instantes me agarra
pelo pescoço
e depois
esvazia   a chama
limpa. Voltamos juntos.
Em breve chegaremos.
Sente-se e descanse um pouco.
No caminho
escorria-lhe
um pouco do peito
                        cansou-se
deitou-se
que trouxe   por cima
Não secou continua a sangrar.
Ainda tem, goteja um pouco do peito.

                        mais um pouco
vai esvaziar
Você veio. Agora mais do que juntos.
Eles entraram, reúnem-se agora à sua volta.
Rebanho
e me   mais do que
juntos. Em breve você já não se distinguirá   entre os
outros pedaços que
se misturam. Esperaremos.
Esperaremos por Ele. Quando virá

Madeira quebrada na onda.
Vão virar as cabeças e abrir
os olhos. Mãos.
Pouco a pouco secarão
e depois Ele virá.

Já chegamos e agora aguardamos.
O fogo deles, lá em cima, não aguentará muito mais.
Preparam-se aqui.
Ouço-os por trás da
porta   enquanto se preparam. Vão entrar
por aqui. Virão conosco.

                por cima e continuam a escavar.
Abrir para ver o que acontece.
Vão retirar o corpo
  mas não encontrarão nada.

O Coro, vão para trás do carro e abrem-lhe a porta. Vi-a afastar--se na escuridão. Ponte por cima da estrada que reconduz à cidade. Nichtovo. Atrás de mim risos, e um cão que não para. <u>Narrador</u>, desliga o toca-fitas. Da Bíblia.

  e não foram encontrados
  porque Deus os arrebatou

E com ele <u>as mulheres</u>, começam, param, aguardam, recomeçam desde o início.

Eles abriram a porta e saíram.
Lá fora outra vez uma multidão,
enquanto há luz
você ainda os vê saindo, queria
abraçá-los quando se ergueram
mas não consegui. Sombras que caem
uma sobre a outra. Você olha e os vê
reunirem-se todos onde
a estrada acaba.

Acabou.
Papéis que arderam e se perderam.
Houve tempos em que estivemos
todos juntos lá embaixo no jardim.
Lembra-se, com o cão?
Vinha ter conosco e ficava até anoitecer,
depois ia embora
e voltava na manhã seguinte.
Cada um parte à sua vez.
Até chegar a sua vez.
Não saia da casa.
Se está ainda aqui,
num dia como este
eles voltarão. Outra vez.
A luz já não respira, junte um pouco as cinzas.
Pegue um saco e o encha e o deixe à porta.
Não saia.

<u>Televisão</u> novamente, <u>NCTV</u>. Sempre com chuva, talvez até mais forte, ao redor da voz dela. Preciso encontrar na cidade algum lugar onde comer e dormir.

Prestes a abrir, você ouve o martelo.
Primeiro olharão para a boca.
Bebeu. Umas gotas frescas na ponta.

COM AS PESSOAS DA PONTE

Vão abrir a barriga
que estará cheia.
Se virem mais acima
encontrarão dois corações. Um menor
um bebendo do outro.

Não vão sozinhos porque têm medo.
Vão todos juntos.
Um deles abre a boca e verifica.

Lama. Chuva. Cinzas. Ossos moídos.
Massa cinzenta. Vermes não.
Agora a fogueira não durará muito.

Abriram. Os demais aguardam por eles
na igreja.

Trem. Desliga o toca-fitas. Alguns dos que estão à minha volta se levantam vão-se embora. <u>Coro</u> novamente. Ouço, pouco me importa onde acabará.

Não saia. Fique aqui até
eles virem e te levarem. Se sair

ninguém te conhece. Cada um esperando
os seus numa estação
que você não reconhece, uma estação dentro
de uma igreja. Ontem tive um sonho.
Estávamos todas de mãos dadas
à volta dela todas juntas tínhamos o olhar fixo
no sangue sob as unhas dela.
E sob os lábios.
E veio Ele e nos pegou pela mão
e descemos e saímos para a estrada.
E no fim da estrada havia
degraus e pelos degraus
você descia
até a igreja.
Daí voltava a subir.
E outra escadaria, e havia mais gente
e queríamos todos seguir
em frente.
Via-se a água lá em cima.
Depois decidimos deitar-nos um por cima do outro
por cima do outro. Um por cima do outro
até se dissolver também isso.
Não saia.

COM AS PESSOAS DA PONTE

Algo se passa no carro, uma das mulheres do Coro vem de trás e abre a porta. No interior LG caído, puxam-no, pegam-lhe pelos braços, duas pelas pernas duas pelos braços, depressa desaparecem ao fundo. <u>NCTV</u>, tela preta.

Acordaram e se arrastam
um por cima do outro e pelo meio
e querem sair. Não há saída,
não ainda. Esperarão.
Chove e a chuva ao cair
amolece o corpo,
e aquilo que lhes pesava
desaparece pelo sono. Último dia, está caindo
você ouve o lençol que cobriu.
Cobriu. Cobriu.
Até Ele chegar. Quando Ele chegar
primeiro os limpará da terra
e os dará de beber.
A casa sobe
as pessoas esperam. Uma debaixo da outra.
O que restou não se distingue.
Mas depois cada um levará o que é seu.
E depois como se esta onda se quebrasse. Estrada.
Depois novamente o corpo, os braços se erguem
as pernas caminham, vão e encontram

as suas novas roupas. Agora se vestem.
Vestimo-nos. Cada um cobre a sua cova.
Apoiam-se uns aos outros e sobem
um por cima do outro
para alcançar e agarrar a ponte. À frente.
Um por cima do outro, são eles
a ponte. Um sobe para cima do outro.
Pisam e passam. Depois a ponte se apaga.
Gritam ao vê-lo chegar.
Correm à volta d'Ele. Choram.
Você abraça-o.

<u>Narrador</u>, o único que ficou. Desliga a televisão, as luzes acendem. Ao aproximar-se de nós ajoelha-se e arranca a cruz, os dois ao meu lado se levantam. Parou de chover. Estrondo, o chão treme. Parou. Cruz debaixo do braço, o Livro aberto, olhos fechados sobre ele.

Tiraram a tampa. Os outros se aproximaram e os viram tal como estavam lá dentro. Sábado. Entre eles um cobertor carcomido. Ela por cima dele, de barriga para baixo. Chuva, fortíssima. Alguém foi buscar uma correia. Ataram-na e puxaram-na para fora. Foram separados. Chuva, limpava a terra do seu rosto e lábios. Puxaram-na alguns metros mais além, a ele o deixaram lá dentro. Muita água, o corpo quase boiava na lama. Terra nos lábios. Boca aberta, água da chuva transbordando. Numa mão pele seca, na outra nova. Juntaram-se mais uns quantos. Outra vez o mesmo cão. Alguém foi jogar cal sobre a cova mas escorria água lá para dentro, se não fizessem algo depressa encheria. Encheria, já se veria a lua refletida nessa água. A lua lá em cima, brilhando cada vez mais. Vozes. Barriga verde que luzia. Escura rede das veias como uma árvore sobre a pele dela e os lábios quase pretos, no queixo gotas de sangue. E as pessoas procurarão a morte e não a encontrarão e tentarão morrer e a morte fugirá delas. Depois o círculo abriu veio alguém com uma tábua se sentou em cima dela com as pernas abertas. Estendeu-lhe os braços à altura dos ombros, pôs a tábua por cima. Deram-lhe arame para prender os braços dele à tábua. O mais apertados possível. Outros dois ajudavam. De barriga para cima, imóvel. Barriga e estômago inchados. Agora martelo. Cunha no peito. Quebrou-se. Estampido. Sangue. Muito. Fresco, primeiro esguichando-lhe para cima depois escorrendo-lhe para as pernas. Desinchou. Sibilava. Esperaram bastante que ela secasse. Alguém veio tirar a água da cova com um balde. Depois lhe soltaram os braços da tábua, puseram-na outra vez lá dentro, em cima dele, empurraram até fechar bem e pregaram a tampa com tachas. Depois a fizeram descer, afrouxando cuidadosamente a correia, para não virar — numa ponta com a correia, na outra com um cabo branco. Enquanto descia continuava a pingar e podia não ser da chuva. Talvez dentro dela ainda houvesse mais.

Agora saem e amanhã virão ver se ela tentou se erguer e durante algum tempo virão ainda ver se não foi aberta. Esperarão. Esperarão não vá abrir outra vez. Caso ela apareça em algum lugar, você ouviu algo assim, algo que disseram nas suas costas. Não olhe para trás.

Não olhe para trás. Prossiga em frente. Está à sua frente, chegará. Chegará também o seu dia, a sua porta se abrirá, você verá que não te esqueceram, você veio, eles levantam-se para te abraçar, você veio, você, depois outro, e depois outro ainda, você se sentará junto deles, esperará junto deles que cheguem também os outros, para que entrem todos e que acabe, ninguém ficará de fora, todos virão, todos reunindo-se, não faltará ninguém, será então, então, pela primeira vez, agora, pela primeira vez, vocês estarão todos juntos.

Ele largou o livro, vem ter conosco e distribui as folhas que tinha consigo, quem quiser pode levar, o tipo ao meu lado não leva e vai embora e outros dois a mesma coisa. Por que é que lembro que aceitei uma e a pus na boca? Papel doce como mel. Ele recua novamente. De costas voltadas.

    E me colocou no meio da planície
    que estava cheia de ossos humanos
    os nossos ossos secaram arruinou-se a nossa esperança
    a isto ficamos reduzidos; e ele me disse
    filho do homem, poderão estes ossos voltar à vida?
    e respondi Senhor, Senhor só vós o sabeis
    e me disse, eis que abrirei as suas
    sepulturas e os farei sair delas
    eis que os trarei o espírito da vida
    e os darei nervos
    e os farei crescer carnes
    e os revestirei de pele
    e os darei o meu sopro
    e viverão.

The partially decomposed head of a woman, stolen from a crypt at Hollywood Memorial Park Cemetery early Sunday, was found in the street next up to a man who was subsequently arrested, Los Angeles police said.

[A cabeça parcialmente decomposta de uma mulher, roubada de uma cripta do Hollywood Memorial Park Cemetery na madrugada de domingo, foi encontrada na rua junto a um homem que foi detido logo em seguida, anunciou a polícia de Los Angeles.]

POENA DAMNI #3

A PRIMEIRA MORTE

Nothing in this book is original, except perhaps by mistake.

Wilfrid Hodges, *Logic*

ἀλλ᾽ ἔκ τοι ἐρέω: ἦ μέν μ᾽ ἀχέεσσί γε δώσεις
πλείοσιν ἢ ἔχομαι: ἡ γὰρ δίκη, ὁππότε πάτρης
ἧς ἀπέῃσιν ἀνὴρ τόσσον χρόνον ὅσσον ἐγὼ νῦν,
πολλὰ βροτῶν ἐπὶ ἄστε᾽ ἀλώμενος, ἄλγεα πάσχων:

Então falar-te-ei dela; mas entregas-me a mais dores
do que aquelas que já tenho. É sempre assim, quando um homem
está há tanto tempo longe da sua terra como é agora o meu caso,
tendo vagueado por muitas cidades de homens, padecendo muito.

> Homero, *Odisseia*, XIX, 167-170
> (trad. Frederico Lourenço)

ἐπεί μ᾽ ἐς ὁδὸν βῆσαν πολύφημον ἄγουσαι δαίμονος

depois de me terem levado e colocado no afamado caminho do deus

> Parmênides, B1, 2-3
> (trad. Carlos Alberto Louro Fonseca)

A PRIMEIRA MORTE

I

Mar metálico. Lua silenciosa como uma dor no fundo da cabeça. Corpo que se arrasta para cá e para lá sobre o rochedo como alga ou tentáculo inanimado, fruto de um ventre dilacerado pelos ventos, pântano de carne e sangue. Cortados o braço esquerdo e o antebraço direito, uma vara podre delirando nos pulmões da água. Da boca devastada restava apenas uma ferida que lentamente se fechava. Dos olhos uma luz pálida. Olhos sem pálpebras. Pernas só até os tornozelos — sem pés. Espasmos.

A PRIMEIRA MORTE

II

Sentença do mar, correntes feitas de cacos de soluços
sob as pestanas rasgadas de uma ânfora seca
presa invisível —
profanados túmulos de paixões, procissões nos decrépitos
sentidos, melodias desmanchadas, lava
de rios decapitados
lâminas das ondas cortando fundo a cortina:
uma clepsidra se forma, epidemia
visão integral de heróis dobrados sob
as bêbedas veias da luz
tempestade hibernando nas úlceras —
largando as suas folhas, o regresso
de um corpo esquartejado na primavera

A PRIMEIRA MORTE

III

Mandíbulas mortas prendendo torrentes
dentes partidos cujas raízes o tremor da vítima
desenterrou antes de se prostrar perante o gancho
ao redor só bocas lambendo na terra
cabeças vazias à procura de alguma gota de carne —
começaram. Estendeu-se a rede
desceu o céu.
Regimentos de mortos murmuram sem cessar
num cemitério sem fim, dentro de ti,
e você já não consegue falar, sufoca
e a dor familiar tateia saídas
no corpo inabordável
você já não consegue caminhar —
rasteja até onde é mais densa a treva
mais terna, carcaça
de animal estripado
abraça um pequeno monte de ossos acamados
e adormece.

A PRIMEIRA MORTE

IV

E você viaja entre resquícios de festas
como a pele de carneiro que oscila ao vento num cadafalso
    improvisado,
você acorda entre os destroços da noite
com o amargor do Pesadelo na boca
olhos que ardem como o leito de um enfermo
sabendo que dentro de ti todos se afogaram
e à medida que o cordão umbilical retesa
— e você sente a mão celestial puxando
agora com toda a força —
ofegante se interroga
quando chegará ao termo
corpo em privação, abraço manco
quando te deitará o carrasco para o monte
alma coxa
velha mulher depredada pela busca
desenraizada pelo choro
para quando o seu último suspiro envolto
no vômito da sua desgraça?

(E você ascende aos céus nas flores
da árvore onde foi enforcada)

V

Noite calma. Desespero.
Os demônios sossegaram. A lua vocifera. Os trilhos, memoriais da flagelação. Cães chacinados nadam em fossas murchas. Congelados — ossos e escamas do deleite. Consequência de um rosto sem boca. Sede de ressurreição. Sou batizado nas trincheiras do luto: beijos secos, esponja amarga, a folha podre regressou à terra. Dentro dela revolveu-se. Dissoluto incho, sacrílego retorço-me, no âmago do seu corpo sangro. Frescor imaculado aflui na madrugada do seu abraço.
Aurora calma. Desespero.

A PRIMEIRA MORTE

VI

Irreconhecível depois das facadas
corpo despedaçado sobre terras selvagens
o fedor do silenciado e pesado
coração, que tanto contra a morte se debateu
mão de cinza, pá à deriva
e que aflora campos de cicatrizes no outro ombro
esconde por momentos a nudez da invalidez
ergue-se até a boca,
se boca era
aquele orifício que, na safra da dor, entupiu
uma dorna inútil, vazia, seca. Seca, branca
como osso e a língua alga ressequida
nas profundezas, imóvel. O olho, igualmente imóvel,
um ao lado do outro, dupla e rasa reentrância
congelada, a orelha amarrotada —
nem um murmúrio no sono cabe lá dentro.
E no seu buraco o cérebro
murchou. Resta felizmente à sua volta a membrana
dura que resiste, que guarda ainda
o calor. Até que rasgue. Depois virá
a areia e tudo voltará a ser um monte apenas, como no princípio.
Falta porém algum tempo, o crânio ainda umedece
o cérebro. E uma gota de saliva subiu à boca.

Foi isto o que restou, e aqui fora este rumor de folhas, som
que chega diretamente ao cérebro, som
como de saco plástico que retrai,
uma pulsação muda vai e vem, um relógio que respira
e falou aos lábios. O saco vai e vem, o mundo,
o mundo está dentro dele, dentro de um coração.
O tempo está dentro dele e avança, sopro
a sopro, agora um pouco mais rápido, agora que
este rumor se manteve por mais tempo,
mas não é nada, mal se fez ouvir,
asfixiou já contra as paredes, nada, afinal nada, apenas um
grito.

A PRIMEIRA MORTE

VII

Na ensanguentada enxárcia do cérebro
estão as ansas internas e o terremoto
espumeja uma larva insaciável nos estuários
do crânio
e outros vermes bramindo
no sopé da sepultura cepo
onde soltam voo pássaros de asas translúcidas
olhos ardendo visão em mosaico
desparafusados tórax gritando
e a alegria guerreira do sol sobre o esgoto
vermelho — faca sacrificial sem bico
coroando uma paralisada fúria pelo divino,
luminosos filamentos cortados
lábios sobre lábios
densa dança denso
pão até o osso

ondulação de répteis membros que se despregam
empurram a carne até o crânio morto
que suspira e engole

e a dor, draga que
cava ininterruptamente

fazendo estremecer
a enxárcia ensanguentada do cérebro

A PRIMEIRA MORTE

VIII

Última razão embarcadouro
desfeito onde o nosso rosto se inclinava
onde ícones encharcados e carcomidos
entalhavam os leitos enferrujados
com o sono por enseada e um círio que se apaga
e revira entre uivos
amável abraço que petrificou para sempre
em veia onde a morte goteja
gestos esvaídos cópula carnívora
abraços sobre a vulnerável
forma do santo que a febre batizou
e esvazia os odres dos nossos corpos
descarrega negros destroços dos tecidos
vísceras
primeiros adornos do abeto
enquanto nos aninhávamos sob a turfa
do sonho, sem ruído
na raiz da doença que abria
caminho e porta virada para a treva, luz
profecias seguras, remoinhos que inundavam promontórios
e o lugar tornava-se rugoso sem caminhos
e largávamos âncora nas nossas entranhas

e cadeias ceifavam os sentidos
e quebravam-se os laços

e os antepassados navegavam na dilatação da loucura
densos feixes pressionados no interior
na economia da sentença indescritíveis
sombras dilaceradas
e foi-lhes concedida a clemência da asfixia
enquanto pulsa incandescente a roda das lembranças
perdem o seu prestígio os anos da nossa infância
oferendas fúnebres destapando o ímpeto
migalhas dos astros
caixões à chuva
florestas curvadas na púbis
uma concha quebrada que secou completamente
areia que queima, os nossos olhos gelados
perante a onda que voltou a erguer-se

IX

Altar à beira-mar curva mendigagem vingança das ondas velas rasgadas em vez de folhas de videira. O lamento da água cravado em ninhos de répteis, guincho de gaivota que fustiga — grito sacrificial, peixes amortalhados, escuridão absoluta de uma garganta que a escória e o muco obstruíram. Totalmente nua a ilha, leito de insônia, desfeita cama de hospital e a pele ressecada do velho, a cinza cicatrizando nichos inflamados e resíduos do sacrifício. A noite que nas horríveis cascatas da doença pesca roupagens tristes. Pesadelos errantes e longínquas memórias de naufrágios voltam a jorrar, fantasmas do negro mar, cadáveres de amigos íntimos, da amada a imagem estilhaçada, o peito afundado — antes de regressar aos amargos prados do abismo. Cornucópia de vítimas.

X

Porque não te é dado ficar mais tempo
porque o olhar deixa os ídolos se debaterem
até que o lago fique em gelo e a sua mão pare
de remexer as tripas e o borralho
procurando um machado inútil
mesmo que o mar arranhe a crosta do ferimento —
soltura.
Porque você procura a montanha e os pregos sob as estrelas
inclinando negras cruzes para o triunfo
e novamente se arrasta e
trepa pelas feridas do terreno
cuspindo enxofre que te cauteriza os membros,
ofegando como outrora em cima de uma prostituta,
regando lascivos bancos de areia
e o crocito das aves segue
o miasma — obcecado na montanha.
E os ferrões úmidos dos escorpiões
apontam o caminho
e a mente um mapa embebido em vinho
e a alma amordaçada
amamentando
adiante o horizonte da dor.

A PRIMEIRA MORTE

XI

Véu vespertino — tenda de uma cidade conquistada. Quartos escuros em hotéis viscosos, no incêndio do sonho relíquias depostas. Na irrefreável hemorragia dos objetos agoniza ainda a última centelha do olhar. Artérias silenciosas, abruptas, beijos enlameados — memórias de crânios adernados nas bermas das avenidas. Desalentada a salmodia dos ratos nas igrejas. A agonia transmissível de motores chacinados. Asas esfarrapadas, indomadas: armadilhas infalíveis. A inelutável abóbada do céu leproso até o fim.

XII

Perpétua procissão nas catacumbas. Visões extenuadas lutam em subterrâneos perturbados, vias sem saída. A vertigem primeira ruma em direção a mamas de morcegos. Úlcera viva e cerco de conchas intensificam a náusea. Luz persegue. Reflexo atrofiado do mundo visível mergulha balbuciando no pântano.

Corpos vazios inacessíveis nos refúgios da morte. Sagrado e libertado silêncio. O eco de cravadas lacerações escava o peito umedecido da cidade. O bramido suplicante dos esgotos eterna memória de uma doença migratória. Ao longe o distante burburinho de sucessivas derrocadas. Proa sob a neve salva o lamento além-relâmpago.

XIII

Flores que definharam na fartura da tempestade
na caverna onde você não tem lugar ou modo de entrar
e se ajoelha cai prostrado à entrada
murtas que descem e se desfazem nas águas turvas do homicídio
até que você desmaia sob as garras místicas de um ofício de
   vésperas
e acaba nos frigoríficos, agachado à lareira
devorando queimaduras
e vêm sentar-se ao seu lado
chorando por entre as vértebras das embarcações
candeias que se apagaram
amigos desmembrados braços e pernas sob as axilas
o rosto uma polpa fervente de carne úmida
explosões sucessivas chave incandescente que
incha nas cavidades dos sensores
incinerando ideias
varrendo a ordem da expressão
deixando apenas a eterna tentativa de exorcismo
tíbios êxtases mesclados
pelos bílis e excrementos
luxúria estilingue fleuma risos e blasfêmias
agora que bradando nos aproximamos e ouvimos
como canta a roldana congelada

de um demônio de farda
vingador

ὁ ἀδικῶν ἀδικησάτω ἔτι, καὶ ὁ ῥυπαρὸς ῥυπανθήτω ἔτι,
καὶ ὁ δίκαιος δικαιοσύνην ποιησάτω ἔτι, καὶ ὁ ἅγιος
ἁγιασθήτω ἔτι.*

---

* [N. T.] *Continue o injusto a praticar a injustiça, o impuro a impureza; continue o justo a praticar a justiça, o santo a santificar-se* (*Apocalipse*, 22, 11, trad. Difusora Bíblica, Missionários Capuchinhos, 1991).

A PRIMEIRA MORTE

XIV

Lenta subida do barco no vazio
combustão de mosteiro em propulsão como navalha
linha de rota entre semente e armadilha
marcas de veneráveis seringas, encarregadas
de atiçar a intuição da Transcendência
primeiro e último porto a esterilização do exílio
na ponte ninguém, apenas eu, procurando passagens
e testando neurônios delatores
hierarquizando significados arrependendo-me numa língua
    incompreensível
mais uma vez tentando mostrar o marulhar de um mundo
que sobe e desce entre as paredes da experiência
uma tragédia que viaja imperturbável
inferno sem danados sem retorno
rasgando a membrana esforçando-me por reter
uma voz reconhecível do estômago da tripulação
em colmeias vazias que descansam
e no entanto não consigo sequer reconhecer fragmentos
vítimas embaçadas na distância e o que ainda lembro
não mais se desenreda, a memória esburacada e pulverizada
como as cobertas de um sem-abrigo sobre o declínio
da consciência e os escombros da articulação e ainda assim
sou salvo, não no mundo

nem fora dele, mas no insubstancial ponto de colisão
e de decolagem do mundo lá onde o grito é concebido
a manivela comunga
e as rodas
instintivamente impelem
a cadeira de rodas para o infinito

A PRIMEIRA MORTE

Nota do tradutor*

Quando finalmente decidi traduzir este poema (porque havia algum tempo que tinha o livro comigo, sem que o pudesse ler), para mim tratava-se apenas de um processo que isolaria uma parte do meu pensamento. Não teria de pensar em mais nada, esse trabalho seria um ritual diário e pessoal, e todo o resto ficaria à margem. Seria como recolher os pedaços de um objeto e transportá-los para outro lugar, para um espaço só meu, um lugar onde o meu pensamento se desdobraria e se uniria a eles. Seria como se, perante um estrangeiro que falasse comigo, eu me servisse do meu pensamento para adivinhar as suas intenções; como se eu desse ao seu comportamento um sentido na minha própria mente. Essas palavras tinham uma maneira de ser própria, inicialmente desconhecida, como quando você chega aqui pela primeira vez e vê toda essa gente junta; eles falam mas você não presta atenção porque ainda não compreendeu exatamente onde está. Tudo é novidade, mas aos poucos você percebe as ligações que existem entre uns e outros. Assim essa língua me era totalmente desconhecida, mas aos poucos foi-se desenhando o sentido. Melhor dizendo:

---

* [N.T.] Esta nota é parte integrante do dispositivo ficcional de *Poena Damni* e é da autoria de Dimitris Lyacos.

eu desenhei um rudimentar mapa de sentido, seguindo um itinerário cotidiano entre as palavras, recomeçando vezes sem conta, tomando diferentes caminhos, anotando à margem sinais por palavras minhas, marcando limites, tentando definir um lugar com o ponteiro da bússola que me foi dada.

 Estabelecer uma ordem. Ordem: tudo tem a ver com isso. Eu abandonava a ordem ao meu redor e procurava a ordem do poema, transferindo-a quanto me era possível para a minha própria folha de papel. As folhas em língua estrangeira à esquerda, à direita as minhas, e no meio a ponte que me levava de umas para as outras. O dicionário, que eu largava à noite e que de manhã reencontrava, já que não me permitiam que o levasse comigo, tinha de ficar no mesmo lugar, não podia ser levado desta divisão. Tal como era inalterável o sentido que ele te dava para cada palavra. Às vezes me vinha a dúvida e eu voltava a consultá-lo — encontrava sempre o mesmo que encontrara da primeira vez. Palavras cujo comportamento ficou impresso num corpo. Seguindo a cada uma delas uma explicação, um dossiê sumário; tal como para cada um de nós, uma identificação, uma breve história para cada um. Assim eu encarava as palavras uma a uma, rostos constantemente desconhecidos, ao lado você pode ler o que cada uma delas tinha cometido. O que fizera até entrar aqui dentro. Palavras-rostos desconhecidos que você associa a outros que conhece, dos quais compreende o que fizeram, cada rosto ganhando dentro

A PRIMEIRA MORTE

de ti um sentido conferido pelos seus atos. Você segue de um para outro, de palavra para palavra, olha para o texto ao seu lado e aos poucos compreende quem está ao lado de quem, que sentido faz tudo aquilo. Comecei assim a ordenar as palavras, descobrindo o que faziam. E acabei por construir um palco só meu, para que as palavras contracenassem numa peça destinada apenas a mim próprio. A pessoa que escreveu este poema tem certamente na sua cabeça um teatro semelhante, um encadeamento próprio, o seu palco para as palavras. E eu virava as páginas do dicionário e as encontrava. Assim, peguei palavras minhas e coloquei-as numa ordem minha; a ordem do outro e a minha própria ordem deveriam nos trazer à mente mais ou menos a mesma coisa, a mim e ao autor. Ou pelo menos é o que eu calculo, tal como calculo que todas as divisões que aqui existem são semelhantes, sem que alguma vez eu tenha entrado noutra que não esta. E se realmente todas são semelhantes, quando alguém sai da sua divisão pode imaginar o lugar de onde outra pessoa também saiu. Porque calculo que eles construíram espaços semelhantes para todos nós, tal como semelhantes serão os objetos no seu interior, para que possamos nos pressentir uns aos outros. Eles querem que tudo isso faça sentido. Querem que o pensamento de um encaixe no pensamento do outro. E assim quis também eu que o pensamento do poema recaísse sobre o pensamento do meu texto. Para que, partindo de qualquer um dos dois, seja possível chegar à mesma conclusão. E assim tomei a decisão; tirei do dicionário as palavras na minha língua — se é que existe uma língua minha, mas isso é outra questão. Eu queria que aquilo que é verdade longe fosse verdade aqui também. Embora eu tenha algumas dúvidas quanto à resiliência dessa verdade, quando palavras se retiram de um sentido e você as substitui por outras. Não sei, não posso dizer. Mas eu, como já disse, sentia no início estar perante algo absolutamente estranho. Pareceu-me um poema, isso percebi logo, depois pedi-lhes um dicionário, que felizmente me foi dado. E assim, estando aqui sozinho, decidi tentar encontrar um pensamento que encobrisse os meus próprios pensamentos, já que me seria impossível sair daqui — e o poema me ajudaria a exorcizar também essa ideia. Escusado será dizer que a princípio tudo me era totalmente estranho, uma matéria neutra sem formas ou regras, sobre a qual apareciam vestígios de imagens, como um televisor estragado, imagens ocultas pela espuma e pelo ruído, cheias de buracos; esforçava-me por tapar esses buracos com o dicionário, conseguindo-o apenas em partes, e em seguida as imagens que me vinham recaíam quase sempre sobre o mapa improvisado de que falei há pouco; distorciam-se, modulando uma superfície já de saída irregular. Teria ajudado saber algo mais acerca do livro, algo acerca de quem o escreveu. Mas era impossível. Sobretudo no início, o poema desvanecia-se constantemente na minha mente,

A PRIMEIRA MORTE

no preciso momento em que me sentia capaz de abrir a sua embalagem e retirar algo do seu interior. Por fim, percorri palavra a palavra, e aos poucos as coisas foram melhorando. Começava pelos pontos nos quais eu me sentia mais seguro e, em seguida, construía pequenas correntes, que se tornavam cadeias de sentido — quando aguentavam. Mas não havia um elo estável, era como se o sentido se quebrasse sob o peso da minha mente, como um chão sobre o qual não fosse possível caminhar, apenas arrastar-se. E eu me arrastava em um ritmo particular, se assim posso dizer, como diria alguém que falasse do ritmo dos seus passos. Por fim, me ouvi ser arrastado, eu próprio, sobre as palavras do outro. Naturalmente que ouvia as minhas próprias palavras, as que eu tinha encontrado no meu dicionário — se é que podia chamar meu a um dicionário emprestado. Assim nasceu um ritmo, não importava qual, se era um poema aquilo que eu escrevia por cima do primeiro poema. Quando acabei, li-o e a princípio gostei mesmo, agradou-me sobretudo o fato de ter retirado do dicionário as palavras que conseguem evocar um maior número de noções para uma mesma palavra. Havia por vezes sentidos desconexos entre si, era como se você os puxasse e o seu tamanho esticasse. Foram palavras assim que escolhi e inseri, e inseridas as palavras eu construía frases, e construídas as frases eu organizei um sentido — talvez um encadeamento na mente de quem lê, um encadeamento possivelmente semelhante ao do poema. Não sei. Não sei como funcionará tudo isso, se poderá provocar sequer alguma emoção. Tenho as minhas dúvidas porque, como já disse, escolhi, se assim posso dizer, palavras que eram como línguas que saíam de uma base comum dentro da boca, como cabeças com rostos sucessivos, cada uma com expressões próprias. Parecia-me que cada palavra tem atrás de si a sua própria mente. Muitas vezes escolhi palavras que me eram desconhecidas, queria que o poema dissesse o máximo possível. Muitas vezes escolhi palavras que ninguém diz, ou que nunca ouvi, palavras que hoje subsistem apenas no dicionário. Fechadas num interior, tal como eu; não saem de boca alguma, tal como eu não posso sair daqui. Foi o que pensei, e peguei-as e voltei a colocá-las em frases. Frases minhas. Abri para elas mais um pouco de espaço. Abri-lhes espaços o mais amplos possível, conforme o texto que tinha à minha frente. E também elas, por sua vez, me ajudaram, porque quanto mais antigas forem as palavras, mais sentidos elas têm; quanto mais antiga a ferramenta, mais trabalhos executou. Até ficar velha, ela e tudo com ela foi construído, e chegar o momento de ser jogada fora. Estas palavras me pareceram rejeitadas, despejadas para dentro do dicionário. Eram inúteis, mas podiam te ajudar se você quisesse, e me ajudaram. E por terem sido inúteis durante tanto tempo, depositei-as debaixo do poema, e dentro do poema talvez pudessem voltar a dizer aquilo que em outros tempos costumavam dizer — em vez de funcionarem como pequenos gritos, quero dizer — como assinala algures o autor do poema. E nisso concordo com ele. Para mim, de resto, o poema começou por ser isto mesmo: o registro de uma sequência de gritos saídos de uma boca invisível. Agora consegui por fim alcançar algo, agora esta sequência tem para mim um sentido. Houve um dicionário, felizmente, houve uma ponte, uma saída — ainda que incerta — para um espaço onde se pode permanecer, ainda que apenas por pouco tempo. Por isso reproduzo em seguida parte da lista das palavras que me levaram até lá. Que fiquem entregues a si mesmas, mais uma vez, se o conseguirem; que sejam, por mais uma vez, como diria talvez também o autor, "uma rebelião de membros mutilados que voltam para construir juntos uma nova consciência".

NOTA À PRESENTE TRADUÇÃO

José Luís Costa

No texto de *A primeira morte*, redigido sobretudo em grego moderno, intrometem-se várias palavras do grego antigo. Se algumas dessas palavras desapareceram da língua de hoje, outras mantiveram-se, com sentidos mais ou menos distintos, o que traz ao livro uma forte dimensão polissêmica, muitas vezes difícil de captar na tradução.

Shorsha Sullivan, tradutor de *Poena Damni* para o inglês, elaborou uma lista com várias dessas ocorrências. É essa lista que, com a devida licença, aqui se reproduz, ligeiramente adaptada à tradução para o português.

I

linhas 3 e 4: *fruto de um ventre dilacerado pelos ventos*: καρπός ὑστέρας ἐρεχθομένης ἀνέμοισι (v. Homero, *Ilíada*, 23, 316: νῆα θοὴν ἰθύνει ἐρεχθομένην ἀνέμοισι: *mantém direita a nau veloz assolada pelos ventos* [trad. Frederico Lourenço]).

linha 4: *pântano de carne e sangue*: ἕλος ἔναιμο καὶ σαρκῶδες. ἔναιμος, ον: cheio de sangue, vigoroso (v. Heródoto, *Historiae*, 3.29: θεοὶ ἔναιμοί τε καὶ σαρκώδεες: *deuses de carne e sangue*).

II

verso 1: *do mar*: ἅλιος, α, ον: do mar, de divindades marinhas (θεαὶ ἅ.: deusas do mar, nereidas); vão, inútil.

verso 3: *presa*: βορά, ἡ: alimento (de feras carnívoras; de festins canibais).

verso 12: *largando as suas folhas*: φυλλοβόλος, ον: que perde as folhas; que lança folhas ou coroas com folhas aos vencedores dos jogos.

verso 12: *regresso*: νόστος, ὁ: regresso à casa, à pátria; viagem.

III

verso 3: *gancho*: ἁρπάγη, ἡ.

verso 12: *inabordável*: ἀπαρόδευτος, ον: abrupto, inacessível (de uma falésia).

verso 17: *acamados*: κοιταῖος, α, ον: deitado numa cama; relativo à toca de um animal.

IV

verso 7: *cordão umbilical*: λῶρος, ὁ: em grego moderno, cordão umbilical; em grego antigo, apenas correia (v. latim *lorum*).

verso 19: *você ascende*: ἀναλαμβάνω: tomar em mãos; ascender aos céus.

V

linha 4: *congelados*: κρυμοπαγῶ.

linha 4: *consequência*: ἀκολουθία, ἡ: ato de seguir, de assistir a; sucessão; obediência; consequência (em Lógica).

linha 7: *dissoluto incho*: σπαργάω: amadurecer a ponto de rebentar; cheia de leite (mulher lactante); transbordar de paixão.

linha 9: *aflui:* φλέω: abundar; fervilhar de.

VI

verso 4: *que tanto contra a morte se debateu*: δυσθανατέω: resistir à morte; morrer de morte lenta.

verso 5: *à deriva*: ἀλύω: ficar fora de si, ficar excitado ou perplexo ou inquieto; lutar; andar à deriva.

verso 6: *cicatrizes*: οὐλαί: cicatrizes; grãos de trigo lançados sobre a cabeça das vítimas antes de um sacrifício.

verso 11: *dorna*: ὑπολήνιον, τό: recipiente posto sob a prensa de um lagar para receber o vinho ou o azeite (v. Marcos, 12, 1: Καὶ ἤρξατο αὐτοῖς ἐν παραβολαῖς λέγειν· ἀμπελῶνα ἐφύτευσεν ἄνθρωπος καὶ περιέθηκε φραγμὸν καὶ ὤρυξεν ὑπολήνιον καὶ ᾠκοδόμησε πύργον, καὶ ἐξέδοτο αὐτὸν γεωργοῖς καὶ ἀπεδήμησε: *Jesus pôs-se a falar em parábolas: "Um homem plantou uma vinha, cercou-a de uma sebe, cavou nela um lagar e edificou uma torre. Depois arrendou-a a uns vinhateiros e partiu"* [trad. Difusora Bíblica, Missionários Capuchinhos, 1991]).

VII

verso 10: *alegria guerreira*: χάρμη, ἡ: alegria do combate, desejo de combater; o próprio combate.

verso 10: *esgoto*: γόργυρα, ἡ: esgoto; prisão subterrânea.

verso 12: *fúria pelo divino:* θεοληψία, ἡ: inspiração; frenesi, loucura.

verso 20: *draga*: βυθοκόρος, ὁ: que varre nas profundezas (βυθός + κορέω).

VIII

verso 1: *razão*: λόγος, ὁ: palavra; conceito; razão.

verso 1: *embarcadouro*: νεωδόχος ou νηοδόχη, ἡ: cais (ναῦς + δέχομαι).

verso 3: *ícones*: εἰκόνα, η: imagem; ícone.

verso 6: *uivos:* ὀλολυγμός, ὁ: grito (de alegria) em honra dos deuses; mais raramente, grito de lamentação.

verso 21: *rugoso*: ῥικν-ός, ή, όν: contraído pelo frio; murcho por ação da idade ou da doença; engelhado.

verso 21: *caminhos*: κέλευθος, ἡ: caminho; viagem; modo de vida.

verso 30: *incandescente*: μύδρος, ὁ: bigorna em metal ou pedra; massa de metal incandescente numa bigorna.

verso 31: *perdem o seu prestígio*: ἀποκαθήλωση, ἡ: deposição (de Cristo da cruz); perda de reputação.

IX

linha 4: *grito sacrificial*: θυστάς βοή.

linha 5: *escória*: τρυγία, ἡ: sedimento, escória.

linha 6: *leito de insônia*: νυκτίπλαγκτος, ον: que leva a errância noturna, que levanta do leito (εὐνή).

linha 9: *roupagens tristes*: εἶμα, ατος, τό: roupa; λυγρός, ά, όν: sinistro, lúgubre (v. *Odisseia*, 16, 457: λυγρὰ δὲ εἵματα ἕσσε περὶ χροΐ: *pondo-lhe no corpo vestes esfarrapadas* [trad. Frederico Lourenço]).

linha 10: *voltam a jorrar*: νεόρρυτος, ον: que flui fresco (de ῥέω). νεόρρυτος, ον: acabado de desembainhar (uma espada) (de ἐρύω).

linha 13: *Cornucópia*: πάγκαρπος, ον: com frutas de toda a espécie.

X

verso 4: *borralho*: σποδός, ἡ: brasas ou cinzas; cinzas de um altar.

verso 6: *a crosta do ferimento*: λύθρον, τό, ou λύθρος, ὁ: mancha de sangue; sangue coagulado.

verso 7: *soltura:* ἀπόλυσις, ἡ: desapertar de uma faixa ou corda; libertação; fim de um luto ou de uma doença; separação; final da missa; ἀπόλυσις τῆς ψυχῆς: morte.

verso 16: *miasma*: μίασμα, τό: mancha (inicialmente em sentido concreto, mas também significando contaminação, conspurcação, culpa).

verso 16: *obcecado na montanha*: ὀρειμανής, ές.

verso 17: *ferrões*: κέντρον, τό: extremidade pontiaguda; aguilhão; instrumento de tortura.

XI

linha 1: *tenda*: σκήνωμα, τό: tenda; acampamento militar; templo; metaforicamente, corpo.

linha 7: *motores*: μηχανή, ἡ: instrumento, mecanismo (por ex., sistema de irrigação; prensa para óleo); dispositivo de guerra; engenho usado no teatro para a aparição súbita de uma divindade.

linha 7: *chacinados*: κρεουργέω: cortar como um talhante.

linha 8: *infalíveis*: πανατρεκής, ές.

linha 8: *inelutável*: ἄτροπος, ον: imutável, inflexível, eterno; Ἄτροπος, ἡ: Átropos, nome de uma das três Parcas.

XII

linha 3: *úlcera*: ἕλκος, τό: ferida; ferida infectada; úlcera.

linha 7: *libertado*: ἀπελεύθερος, ὁ: libertado; emancipado (escravo).

linha 8: *bramido*: ῥόχθος, ὁ: bramido do mar.

XIII

verso 1: *que definharam*: μυδάω: umedecer, gotejar; umedecer por resultado de corrosão (v. Sófocles, *Antígona*, v. 410: μυδῶν τε σῶμα γυμνώσαντες εὖ: *despindo bem o corpo úmido*).

verso 5: *um ofício de vésperas*: λυχνικόν, τό: período em que os círios e as lâmpadas estão acesos antes das vésperas, na Igreja Ortodoxa; do fim do dia.

verso 10: *que se apagaram*: σκοτόω: tornar sombrio, cegar; matar.

verso 11: *braços e pernas sob as axilas*: μασχαλίζω: pôr sob a axila: mutilar um corpo (já que os assassinos acreditavam que, ao cortarem extremidades do corpo – nariz, ouvidos etc. – e atarem-nas juntas e fazerem passar uma corda à volta do pescoço e debaixo das axilas da vítima, evitariam a vingança).

verso 20: *luxúria*: στρῆνος, ὁ: insolência, arrogância; luxúria; luxo; desejo violento (v. *Apocalipse* 18.3: ὅτι ἐκ τοῦ οἴνου τοῦ θυμοῦ τῆς πορνείας αὐτῆς πέπωκαν πάντα τὰ ἔθνη, καὶ οἱ βασιλεῖς τῆς γῆς μετ' αὐτῆς ἐπόρνευσαν, καὶ οἱ ἔμποροι τῆς γῆς ἐκ τῆς δυνάμεως τοῦ στρήνους αὐτῆς ἐπλούτησαν: *porque todas as nações beberam do vinho de ira da sua depravação, os reis da terra contaminaram-se com ela e os mercadores da terra enriqueceram-se com o excesso do seu luxo* [trad. Difusora Bíblica, Missionários Capuchinhos, 1991]).

verso 23: *demônio*: δαίμων, ὁ, ἡ: divindade (específica); poder que rege o destino dos indivíduos; criatura semidivina.

verso 24: *vingador*: ἀλάστωρ, ὁ, ἡ: espírito ou divindade vingadora, com ou sem δαίμων, frequente na tragédia.

XIV

verso 24: *decolagem*: ἀπονήωση, ἡ: (termo náutico) partida (hoje utilizado sobretudo relativamente a aviões e helicópteros: decolagem).

verso 25: *comunga*: μεταλαμβάνω: partilhar, receber a sua parte; comungar (a Eucaristia).

verso 28: *cadeira de rodas*: καροτσάκι, το: em grego moderno, a mesma palavra é usada para cadeira de rodas, carrinho de supermercado, carrinho de bebê.

SOBRE O TRADUTOR

José Luís Costa nasceu em 1978, em Lisboa, onde estudou Línguas e Literaturas Clássicas. Viveu em Atenas e Bruxelas antes de regressar a Lisboa, onde hoje reside. Traduziu autores como Dino Buzzati, Keith Richards e Katerina Gógou, e revistas literárias portuguesas publicaram versões suas de poemas de Robert Creeley, Jerome Rothenberg e Cédric Demangeot. É também autor de três livros de poesia: *Canto da Alforreca* (Douda Correria, 2016), *Da Madragoa a Meca* (&etc, 2013) e *20 Poemas a Anton Webern* (&etc, 2005).

© Relicário Edições, 2023
© Dimitris Lyacos & José Luís Costa

DADOS INTERNACIONAIS DE CATALOGAÇÃO NA PUBLICAÇÃO (CIP) DE ACORDO COM ISBD

L981t

Poena Damni – Z213: EXIT / Com as pessoas da ponte /
A primeira morte / Dimitris Lyacos ; traduzido por José Luís Costa. – Belo
Horizonte : Relicário, 2023.
232 p. ; 13cm x 19cm

Tradução de: Poena Damni – Z213: Ἔξοδος / Με τους ανθρώπους από τη
γέφυρα / Ο πρώτος θάνατος

ISBN: 978-65-89889-57-1

1. Literatura grega. 2. Gênero híbrido. 3. Ritual. 4. Religião.
5. Filosofia. 6. Antropologia. I. Costa, José Luís. II. Título.

	CDD 883
2022-3704	CDU 821.14'02-3

Elaborado por Odilio Hilario Moreira Junior – CRB-8/9949

Coordenação editorial Maíra Nassif Passos
Editor-assistente Thiago Landi
Capa, projeto gráfico e diagramação Caroline Gischewski
Adaptação pt-br Maria Fernanda Moreira
Revisão de provas Thiago Landi

Relicário Edições
Rua Machado, 155, casa 1, Colégio Batista
Belo Horizonte-MG, 31110-080
contato@relicarioedicoes.com | www.relicarioedicoes.com

1ª edição [2023]
Esta obra foi composta em Caslon e Akzidenz
Grotesk e impressa sobre papel Pólen Natural 80 g/m²
para a Relicário Edições.